咦咦咦咦咦
我真的要
这也未免
在我眼前
是一片赤

咦咦咦！
神明大人抱怨一下了——
太过分了吧。
滚烫的熔岩海。

我是蜘蛛又怎样？2

[日]马场翁／著
[日]辉龙司／绘
廖文斌／译

中国电影出版社 2017·北京

contents

目 录

1 神明大人肯定讨厌蜘蛛

事到如今才这么说虽然有点怪，但我这个人的运气相当差。

不对，这已经不是用运气差可以形容的了，我甚至认为神明大人根本就是讨厌我。我至今为止的人生……更正，是蜘蛛生才对，就是如此波澜万丈。

再说，早在莫名其妙突然转生为蜘蛛魔物的那一刻，换成一般人就算是发疯也不足为奇吧。

而且还是出生在名为艾尔罗大迷宫的地方，那里可是这个异世界中最大的迷宫啊！

在周围栖息的每只魔物都比我强大。

而且，这边的环境还十分恶劣，如果不猎捕那些魔物的话，连吃饭都成问题。

虽然我活用蜘蛛的特性成功筑巢，勉强解决了这个问题，但巢穴后来居然被突然来袭的人类给烧掉了。

在那之后，我在迷宫里彷徨，不小心摔落到生存难度比上层还要高的下层。

期间我还被地龙那种不得了的怪物袭击，好不容易才逃过一劫。

在这里的都是强大的魔物，一旦打起来我肯定会被干掉，即使如此，我也只能拼了老命地前进。

到最后，我还遇到了猿猴军团。

不知为何，那群猿猴把我视为眼中钉，居然前仆后继地发动袭击。

虽然在下层的魔物之中，它们算是比较弱的，但每一只都比我强悍。

就是这些猿猴不厌其烦地袭击我！

真是的，这到底是在开什么玩笑啊？

一如字面上的意思，我拼了老命地迎击敌人。

毕竟要是落败了，我真的会被干掉。

连我都想称赞能够平安度过那种危机的自己。

没错，我很努力，非常努力。

因此，这样的我如今还要遇到这种事情，实在太没天理了！

虽然不晓得神明大人是否存在，但我真的很想向它好好抱怨一下——

太过分了吧。

在我眼前，有一片赤红滚烫的熔岩湖。

稍微把时间倒回一点吧。在消灭猿猴大军后，我注意到了一件事。

那就是这里有点热。

起初我还以为是自己太过热衷于与猿猴战斗，才导致体温上升，但事情似乎不是这样。

再说，蜘蛛的体温会上升吗？

算了，那种小事不重要。摆在眼前的问题，是之前居然完全没感觉到气温有变化。

我并没有意识到危险降临了。

而且就算环视周围也只能看见猿猴的尸体，根本看不到其他魔物的身影。

看来应该不会有在地龙出现之后，轮到火龙登场这种破事。

那这里为什么会这么热?

当我对此感到疑惑时，那东西正好出现在视野之中。

是上坡。

没错，那是一道上坡。我再说一次，那是一道上坡!

我从上层摔下来，现在的位置是下层。

这里有一条从下层通往上面的路。

换句话说，那是可以逃离下层，前往中层的路!

呀呼！这样我就能逃出这个超级危险的地区了!

我怀着这样的希望，兴高采烈地爬上坡道，结果却看到了那片宽广的红色空间。

然后就变成现在这个状况了。

咦咦咦咦咦咦咦咦!

这是怎么回事?

人家搞不懂啊。

不不不……这样不对吧!

岩浆是怎么回事?

为什么地底下会有这么多岩浆?

不对，因为这里是地下迷宫，所以应该很正常才对吧?

太胡来了……

话说回来，因为太热，我的HP甚至都减少了。

这已经不是热，而是烫了吧。

嗯？屁股好像真的有被烫到的感觉。

哇！吐出来的丝烧起来了!

灭火！灭火！灭不掉的话，就将丝切断好了!

呼……好险，差点就火烧屁股了。

我好像有不自觉地一直吐丝的习惯，但没想到连那条丝都烧了起来，这里到底是有多热啊！

虽然不是整个地区都被岩浆覆盖住，也有能够行走的陆地，但入口都已经是这个样子了，里面应该不会好到哪里去吧？

还不赶快把冷饮拿出来！（**注：冷饮在此处的原文是“クーラードリンク”，是游戏《怪物猎人》中的道具，可以让玩家不会因为待在炎热的场地而受伤。**）

嗯？岩浆里好像有魔物啊。

魔物的外形犹如长着手脚的海马，而它居然在岩浆里游泳……太胡来了吧。

虽然可能会被数值吓到，但还是给我看一看鉴定结果吧。

艾尔罗喷火怪　LV7

能力值　HP：167／167（绿）　MP：145／158（蓝）

SP：155／155（黄）　SP：156／165（红）

能力值鉴定失败

哦？直接就看到能力值了，真走运。

嗯嗯，这些数值算不上很高啊，但即使如此，还是比我高得多就是了！

好，用双重鉴定继续调查看看吧。

艾尔罗喷火怪：栖息于艾尔罗大迷宫中层的下位幼龙种魔物，能够操纵火焰，用火焰保护自己。

来啦！艾尔罗大迷宫中层！这里果然是中层！

艾尔罗大迷宫中层：位于艾尔罗大迷宫上层与下层之间的地区。整个地区都是流着岩浆的灼热地带，栖息着许多种拥有

火焰抗性的魔物。

真的假的？

唔哇，太乱来了吧。

整个中层都是这样？

如果要去上层，就得穿过这个鬼地方？

不可能办得到吧？

即使呆站着不动，这里的环境也会让人受伤，而且还到处都是一旦摔下去就会直接毙命的岩浆……

住在这里的魔物都拥有火焰抗性。换句话说，即使它们会操纵火焰也不奇怪，不是吗？

知道蜘蛛丝的弱点是什么吗？刚刚都已经烧起来了，答案应该很明显吧？

就是火啊！

怎么办？我到底该怎么办？

用不了蜘蛛丝的我，就跟没有纳豆菌的纳豆一模一样啊。

那种东西根本算不上纳豆，只是烂掉的豆子而已！

没办法使用蜘蛛丝，对我而言就是如此糟糕。

就算说我是因为有蜘蛛丝才能活到现在也不为过。

既没办法筑起由蜘蛛网组成的巢穴，也没办法捆住敌人，我什么都办不到！

啊，就在我忙着思考时，海马发现了我。我们的视线对了个正着。

不过，反正还有一段距离，应该没关系……才怪！

海马深吸一口气，然后猛地吐出了某种东西！

是火球。

我闪！

躲掉了。要是我那柔弱的身躯被那种东西打中，肯定会化为焦炭。

话说回来，那真的是火球吗？那种东西到底是利用什么原理飞起来的？

自从经历过地龙的吐息攻击之后，我好像就再没遇到过这种充满奇幻色彩的攻击了。

虽然这火球没有地龙吐息那种夸张的威力就是了。

话说回来，躲在岩浆里使用远距离攻击，这样的做法是不是有点卑鄙啊？

第二发火球射过来了。我用和刚才一样的技巧再次闪躲。

虽然能躲过攻击，但这样下去只会越来越糟。

看来我只能射出蜘蛛丝进行远距离攻击了。

尽管早就知道不会有用，但我依然试着射出蜘蛛丝。

在蜘蛛丝射出去的那一瞬间，它就在空中着火了。

啊，看来不行……我赶紧把丝切断。

当我忙着做这种事时，海马射出了第三发火球。

这次也躲掉了。不过，即使没被直接击中，我的HP还是因为炎热而逐渐减少。

呜，虽然超级不甘心，但现在只能逃命了。

我转身背对海马，从刚才爬上来的坡道往下冲。

我再次回到了躺着一大堆猿猴尸体的地方。

呼……只要回到这里，HP就不会因为炎热而减少了。

毕竟我还有自动恢复HP的技能，只要稍稍休息，应该就能把体力恢复满。

可是……真不甘心！

就能力值而言，那并非我无法战胜的对手。

虽说敌人的能力值比我更高，但那种事我早已习惯。

然而，我这次完全束“丝”无策。

我不得不说，情况相当不乐观。

以前我靠着筑巢，总是在占据优势的情况下挑战比自己更强的敌人，却很少被比自己更强的敌人占据地利，因而陷入不利的处境。

那是我一直以来的战术，现在却被强大的敌人如法炮制。

而且作为我最主要武器的蜘蛛丝还无法使用。

我有胜算吗?

如果要回到上层，我就得设法突破那个中层。

不过，我不认为自己有办法突破中层。

难道我要寻找其他回去的办法?

已知的一条路径，就是在那个有许多巨大蜜蜂的纵穴一路爬回去。

要我回去那个有地龙的地方?

不要！不行！不可能。

难道我要去寻找其他纵穴？还有其他刚好能满足我要求的纵穴吗?

可能性并不是零。

之前还在上层的时候，曾经有蜜蜂被我的蛛网抓住，所以其他地方可能也有同样的纵穴，而且同样有蜜蜂在那里筑巢。

不过，那终究只是一种可能性。

要突破中层吗?

还是去寻找不知道是否存在的纵穴，重新在危险的下层展开探索?

好，来想想该怎么办吧……

不管怎样，我决定把以后的事情摆到一边，先来试着进化看看。

拜击败猿猴大军所赐，我得到了大量的经验值，一口气提升了好几级。

虽然因为发现上坡而兴奋了一段时间，但我并没有忘记这件事。

我说没有就是没有。

想在充满危险魔物的下层进行让人失去意识的进化，显然需要不小的胆量。但若是问我要不要进化，答案当然是“要”。

毕竟等级这种东西说不定存在着上限。

即使击败大量猿猴，我的等级也没有超过10。

如果单纯是因为经验值不够而导致人物等级没能提升倒是还好，但若是每个种族都有各自的等级上限，不进化就没办法继续升级的话，事情就麻烦了。

如果这只是场游戏，即使让我去验证游戏规则，搁置进化继续积攒经验也无所谓，但现在毕竟攸关我的性命。

我怎么可能会为了验证这种事而赌上性命。

可以选择的进化种族有两种——蜘蛛怪与小型毒蜘蛛怪。

嗯嗯……该选择哪一边呢？

蜘蛛怪的名字里没有了“小型”，所以我猜进化成那个种族之后，体型应该会变大。

上次进化时也有“从小型次级蜘蛛怪进化成次级蜘蛛怪”的选项，只要把这当成是一种单纯的成长进化就行了吧。

问题在于小型毒蜘蛛怪这个选项。

既然名字里多了“毒”这个字，那跟毒有关的能力应该会得到强化吧？

没办法在这种时候鉴定出两个种族的不同之处，实在很不方便……

嗯，鉴定？

我不经意地看了一眼自己的能力值，发现上面显示着奇怪的信息。

在能力值的最底下，有一行写着“进化选项”的文字正在闪烁。

这是什么？

我试着对那行文字进行双重鉴定。

进化选项：蜘蛛怪或小型毒蜘蛛怪。

哇！“鉴定大人”，你没骗我吧？

好厉害！既然能显示出文字，那不就表示能够进行双重鉴定了吗？

这样就能对进化后的种族进行鉴定了！

最近的“鉴定大人”真是优秀到令人生畏啊。

赶快来鉴定看看。

蜘蛛怪：统称为蜘蛛怪的蜘蛛形魔物的标准成熟体。肉食性且牙齿有毒。

小型毒蜘蛛怪：统称为蜘蛛怪的蜘蛛形魔物的稀有品种幼年体。拥有非常强力的毒。

嗯，决定了。我要进化成小型毒蜘蛛怪。

毕竟那可是稀有品种啊，很少见的。

如果要在标准和稀有之间选择一个，那当然要选稀有，不是吗？

因为这个缘故，我在墙壁上迅速筑好简易版的家。

我要进化了，晚安喽。

然后，早安。

嗯，看来我平安醒过来了。

我在简易版的家里窥探周围的情况。

在视野可及的范围内只有猿猴的尸体，没有其他魔物，这样很好。

既然已经确认安全，接着就来确认进化后的能力值吧。

小型毒蜘蛛怪　LV1　姓名　无

能力值　HP：56／56（绿）2UP　MP：1／56（蓝）2UP

SP：56／56（黄）2UP　SP：1／56（红）2UP

平均攻击能力：38 2UP　平均防御能力：38 2UP

平均魔法能力：27 2UP　平均抵抗能力：27 2UP

平均速度能力：537 21UP

技能

“HP自动恢复LV3”　“毒攻击LV9 NEW”　“毒合成LV3”

“蜘蛛丝LV9 1UP”　“斩击丝LV4”　“操丝术LV8 1UP”

“投掷LV3”　“集中LV5 1UP”　“命中LV4”

“闪避LV2”　“鉴定LV8 1UP”　“探知LV4”

“隐秘LV6”　“外道魔法LV3 1UP”　“影魔法LV2”

“毒魔法LV2 1UP”　“过食LV4”　“夜视LV10”

“视觉领域扩大LV2”　“毒抗性LV8 1UP”　“麻痹抗性LV3”

“石化抗性LV3 1UP”　“酸抗性LV4”　“腐蚀抗性LV3”

“晕眩抗性LV2 1UP”　“恐惧抗性LV6”　“外道抗性LV2 1UP”

“疼痛无效”　“痛觉减轻LV6”　“生命LV2”

“魔量LV2”　“爆发LV2”　“持久LV2”

“刚力LV1”　“坚牢LV1”　“韦驮天LV2”

“禁忌LV2”　“n%I=W”

技能点数:200

哦哦。好像还多了数值增加量的标示啊。

这也是“鉴定大人”等级提升所带来的好处吧?

而且还新增了技能点数的显示结果，看来“鉴定大人”有做好自己的分内工作。

这些UP应该是和进化前的状态做比较的结果吧?

太好了！能力值提升了！虽然只有一点点……

毕竟是进化成稀有品种，我还以为数值会有更显著的提升，但事实并非如此。

只有速度还是那么突出。

算了，不管能力值了，总之就是跟以往没有多大改变。

不过，技能的部分倒是变了不少。

在跟猿猴大战时，我的技能等级提升了不少，也得到了新的技能。

“毒牙”怎么变成“毒攻击”了?

虽然拜“鉴定大人”所赐，一眼就能看出变化，但果然还是有点不方便。

糟糕，进化让我的SP减少了许多，我得吃掉堆积如山的猿猴进行补给才行。

我边吃边确认自己的能力值。

虽然SP会减少这点如我所料，但没想到MP也减少了。

上次进化时，我还没用过MP，所以没有发现这件事。

在因为“毒合成”和“操丝术”而开始用到MP之后，未来也得注意MP剩余量才行。

话说回来，在跟猿猴大战时，“毒合成”真是帮了大忙。

刚得到这个技能时，我还觉得没什么用处，没想到出乎意料地好用，看来以后也要多多仰仗这个技能了。

关于“毒合成”这个技能，随着技能等级的提升，还新增了“伤害量调整”与“持续时间调整”这两个选项。

简单来说，就是能够调整毒的威力和持续给予敌人伤害的时间。

想慢慢折磨敌人时，就延长持续时间；想一鼓作气对敌人造成大量伤害时，只要提升威力即可。

我现在可以随心所欲地订制毒素了。

只不过，能够调整的数值无法超过技能等级。

我曾经尝试对蜘蛛毒进行调整，但威力和持续时间的最大数值都是9，无法进行变更。

话说，蜘蛛毒也未免太强了吧。

来鉴定一下同样跟毒有关的“毒攻击”吧。

既然“毒牙”不见了，被这个技能取而代之，那它应该是从“毒牙”演变而来的技能吧？

毒攻击：让攻击附加毒属性。

咦，说明就只有这样？

嗯？等等，那个效果是不是有点不妙啊？

那不就代表，我能让所有攻击都带有毒性吗？

真是这样的话，我不就能让蜘蛛丝附带毒性了吗？

这技能也未免太可怕了吧。等到SP恢复之后，我一定要来试试。

啊啊！可是蜘蛛丝在中层会烧起来，根本没办法用！

呜呜呜！明明得到了这么出色的技能，我却无法使用，真是让人苦恼啊！

嗯，先把“毒攻击”的事摆到一边吧。

说到跟毒有关的技能，再来就是“毒魔法”了。

虽然无法使用，但“毒魔法”的技能等级也提升了。

新增的魔法是“毒弹”啊……这种魔法能够射出毒弹，是一种很有魔法气息的魔法。

这应该是远距离攻击吧？

我想起在中层遇到的海马。

如果要击败那家伙，就只能把它从岩浆里拖出来，或是使用远距离攻击。

如果要把它从岩浆里拖出来，我目前缺乏能办到这种事的手段，实现的可能性很低。

在无法使用蜘蛛丝的中层，我能使用的远距离攻击只有捡起地上的石头丢出去。

即使拥有“投掷”技能，凭我这种可怜的能力值，石头即使砸中了魔物，也不可能造成什么像样的伤害。

既然如此，那就只能开发全新的远距离攻击武器了。

这么一来，摆在眼前的这种远距离攻击，看起来就很有吸引力。

嗯，我果然不想为了那个存在与否都不知道的纵穴，在有地龙徘徊的下层到处乱晃，这样做太危险了。

决定了，我要攻略中层。

被海马打得毫无还手之力，实在令人不甘心。

我的自尊不允许我就这样无视中层，跑去找寻其他的逃脱方法。

我绝对要扳回一城。

只不过，我得先暂时在这里准备对策。

首先，我得让自己避免因为中层的炎热而受伤。

同时，我还要掌握新的远距离攻击。

一旦解决这两道难题，我就要开始攻略中层了。

魔物图鉴

file.06

艾尔罗喷火怪

LV.01

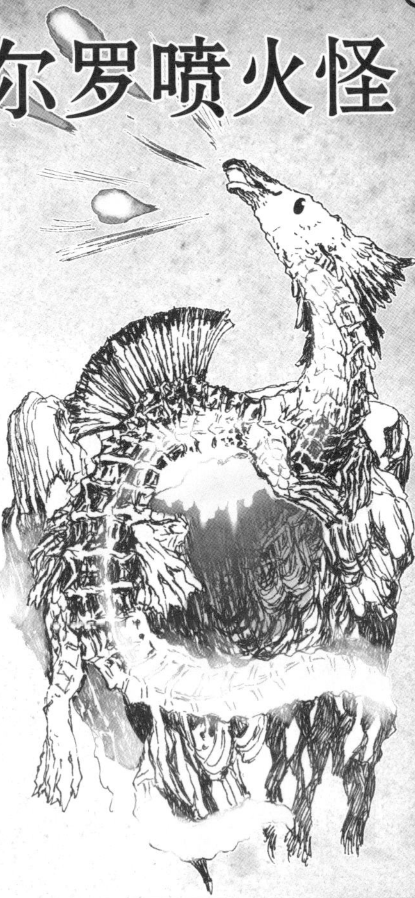

status【能力值】

HP
132 ／ 132

MP
106 ／ 106

SP
128 ／ 128

128 ／ 128

平均攻击能力：70
平均防御能力：70
平均魔法能力：68
平均抵抗能力：67
平均速度能力：73

skill【技能】

“火幼龙LV1” “命中LV1” “游泳LV1”
“炎热无效”

俗称海马。外表像是长着手脚的海马。下位幼龙种。平时在岩浆里游泳或者寻找食物。面对同样住在中层的魔物时，它们会使用物理手段进行攻击，而当面对来自下层或上层的入侵者时，则会躲在岩浆里吐火球进行攻击。因为智商低下，在 MP 用尽时会使用物理手段继续攻击。虽然会采取莽撞的行动，但如果敌人太过强大也会撤退。危险度是 D。

Y1 勇者团队

在迷宫领路人哥尔夫先生的带领下，我们在艾尔罗大迷宫里前进。

我们这次造访这座迷宫的原因，是有人发现了蜘蛛形魔物的变异种个体。

我们的工作自然是讨伐那只魔物，不过……

“亚娜，你也该放开我了吧？”

“我……我不要！尤利乌斯也知道吧，我最讨厌虫子了！”

紧紧抓住我衣服的家伙是圣女亚娜，她已经被吓得腿软了。

亚娜从小就讨厌虫子，每次遇到虫形魔物都是这样。

然后，我们目前身处的艾尔罗大迷宫就栖息着许多的虫形魔物。

再加上，亚娜还讨厌阴暗的地方。

说直白点，这里就是亚娜最畏惧的地方。

亚娜是罕见的光魔法与恢复魔法的高手，但看来她这次没办法发挥实力了。

“真是的……所以我才说你会拖后腿，叫你别跟来嘛。”

“哈林斯，我说过那是不可能的事了吧？圣女无时无刻都得跟在勇者身边。我可不能违背神言教的规矩。”

哈林斯受不了似的看着亚娜。

他故意夸张地耸耸肩膀，让手中的巨大盾牌晃了一下。

哈林斯是我的儿时玩伴。

他出生于我的故乡亚纳雷德王国，是克沃德公爵家的次子。

我这个第二王子虽然贵为王族，却是侧室的孩子，哈林斯虽然生于公爵家，却是次子。

因为双方的立场都很微妙，身份和年龄也很接近，所以我们交情不错。

虽然这样的缘分也是其中原因，但更重要的是，只要让哈林斯拿起盾牌，他就会变身成比任何人都要善于防御的出色战士，所以他至今依然陪伴着当上勇者的我。

他是位可靠的好友，唯一的缺点是嘴巴有点恶毒。

“不过，不光是亚娜小姐，擅长在这种鬼地方战斗的人，在我们之中顶多也就只有我和霍金了吧。”

“老大，或许外表上看起来是这样，但我也拿这种地方没辙啊。”

吉斯康和霍金进行着这样的对话。

“是这样吗？”

“就是这样。因为我原本就是专门对付人类的游侠，虽然对那种见不得光的事情很敏感，但是在这种自然造就的暗处活动可不是我的专长。”

霍金原本是游侠，后来被抓住成了奴隶，是吉斯康收留了他。

虽说是游侠，但他的目标都是堕落的贵族，而且还用这些钱去帮助穷苦大众，是位名副其实的义贼。

就战斗能力而言，他是我们之中最弱的一个，但他身为一名游侠的能力，以及拥有关于社会底层的详尽知识这两点受到器重，因而成了我们团队中的一员。

而他名义上的主人吉斯康，曾是一位相当厉害的冒险者。

在还太过年轻的我们一行人之中，他的经验最丰富，是个可靠的大哥。

身为勇者的我、圣女亚娜、盾骑士哈林斯、前冒险者吉斯康，以及前游侠霍金——

这五人就是我们团队的成员。再加上身为迷宫领路人的哥尔夫先生，这次便由我们六人负责前去讨伐魔物。

虽然艾尔罗大迷宫里的魔物很难缠，但最大的问题还是里面太过宽广。

据说如果没有迷宫领路人，就算带着地图，也可能会在里面迷路走不出来。

“各位，请提高警惕。有魔物。”

迷宫领路人哥尔夫先生发出了警告。

我们不再闲聊，准备迎战。

出现的魔物长着有如利刃般的角，外表跟鹿很像。

“艾尔罗刃角兽。危险度是C。请小心它的角和火焰！”

哥尔夫先生简短地喊出魔物的特征。

锐利的角一看就知道很危险，而且它还会操纵火焰。

出现的鹿形魔物一共有八头。

它们的鹿角上燃烧着火焰。

八头鹿横向排成一列，用猛烈燃烧的鹿角顶向前方，向我们冲了过来！

在它们的突击碰到我们之前，我和亚娜施展光魔法发动了攻击。

亚娜的魔法射中了两头鹿，贯穿了它们的身体，让它们当场毙命。

我的魔法命中冲在前面的四头鹿，成功解决掉它们。

与此同时，吉斯康掷出的锁镰抓住另一头鹿，就在它动弹不得时，霍金掷出的飞刀贯穿了它的眉间。

哈林斯在正面用盾牌挡下最后一头鹿的冲撞，反过来用蛮力把鹿推了回去，让它重重撞在墙壁上。

然后，他就这样趁着对方头昏眼花时，用剑斩下了敌人的脑袋。

“哦哦，真是厉害。哪怕是C级魔物，遇到勇者一行人也是不堪一击。”

哥尔夫先生有些看呆了，不自觉发出赞叹。

“可是，真没想到勇者大人不光是剑技一流，连魔法都用得如此出色。”

“哥尔夫先生，虽然世人都说尤利乌斯是剑术天才，但其实他的剑技并没有那么高强。”

“就是说啊。纯粹就技术而论，应该是我比较强。只不过，如果实际交手的话，我还是会因为能力值的差距而战败吧。”

哈林斯和吉斯康口无遮拦地说个没完。

虽然这是事实，但真希望他们别到处宣传这种事。

因为我也是有自尊心的啊。

“为了不被弟弟和妹妹超越，他可是拼了老命呢。”

仿佛偷听到我的心声一样，哈林斯一脸贼笑地如此说道。

呜……所谓的儿时玩伴在这种时候实在很麻烦。

“真要说的话，尤利乌斯应该更擅长魔法，对吧？”

“嗯。我的师父是魔法师，也许是受到他的影响吧。那个人真的很厉害。”

就各种意义上来说。

话虽如此，但我从师父身上学到的东西并不多。

毕竟师父是其他国家的人，因为政治上的因素，我没办法在他身边学习太久。

但师父给我的教诲，我至今依然牢记在心。

“原来如此，怪不得你建构魔法的手法那么干脆利落。”

“就是说啊。尤利乌斯明明是勇者，却比身为圣女的我还要擅长使用魔法。要是一直让他使用魔法，我就会失去自己在团队中的价值了，所以我都会让他尽量别在外面使用魔法。”

“尤利乌斯，你不需要听那个笨蛋的话。”

“你说谁是笨蛋啊！”

看着亚娜和哈林斯斗嘴，我就忍不住想笑。

当我们忙着做这种蠢事时，吉斯康和霍金似乎已经完成从魔物身上剥取素材的工作了。

“哥尔夫先生，能够从这些家伙身上剥取的东西，就只有肉和角吗？”

“虽然它们的皮也能用，把整个尸体都带走是最好的，但这么做会增加多余的行李，所以只拿这些就够了吧。如果把角拿去加工，应该能做成不错的小刀。”

“这东西比外表看上去还要轻，而且很坚硬，感觉能用来制作我的飞刀。”

真不愧是前冒险者和前游侠，满脑子只想着从魔物的尸体上剥取值钱的物品。

魔物的尸体是素材的宝库。

鳞片和角之类的东西可以制成武器、防具和日用品，肉则可以食用。

“不好意思，哥尔夫先生。我们这些人私底下的相处模式就是这样。”

霍金虽然在哥尔夫先生的耳边悄声说道，但声音还是传进了我经过“听觉强化”的耳朵里。

“别在意，能遇到比想象中还要随和的人，我工作起来也很愉快啊。”

“很高兴听到你这么说。毕竟大家都因为身为勇者团队的成员而备受瞩目，只有在没有外人的时候，才能展现原本的自己。除了我和老大之外的三人都还很年轻，照理来说，像那样聊天打闹才适合他们。”

“原来如此。因为勇者一行人创下许多英勇事迹，我可能也稍微戴着有色眼镜看待了呢。”

“绝大多数的人都是这样。尤利乌斯总是能回应众人的期待，也是造成这种状况的原因之一。最近他似乎还得维持哥哥的尊严，连在自己家里都不敢放松。”

霍金的话语让气氛变得有些微妙。

我们都拥有“听觉强化”技能。

霍金的声音当然也传进了所有人的耳朵里。

他不可能不明白这点。

他是故意说给我们听的。

难道霍金是在劝我别把自己逼得太紧了？

我心怀感激，但又觉得心头痒痒的，感觉有些奇妙。

“好啦，那我们出发吧。”

哥尔夫先生收好从鹿身上剥下的素材，开始往前走。

我们也跟在他身后前进。

“哥尔夫先生，从这里到我们的目的地，大概要走几天？”

艾尔罗大迷宫面积相当宽广，光是在里面移动就要耗费好些时日。

虽然事前已经问过大概要花几天，但是在昼夜不分的迷宫里，对时间的感觉难免会变得模糊。

“我想想……从这里开始算的话，大概还要三天吧。”

“三天啊……”

再过三天就能抵达目的地。

只不过，等到三天之后，讨伐对象也很有可能已经跑去其他地方了。

到时候，我们可能得去追赶讨伐对象，花上比预期更多的时间。

“希望那家伙能乖乖待在那里……”

“是啊，毕竟那个地方离中层很近。要是那家伙逃到中层，就真的没办法追了，因为那里不是人类可以涉足的地方。只不过，怕火的蜘蛛怪应该不可能跑去中层才对。”

对哥尔夫先生的话表示赞同后，我们便继续向目的地迈进。

2　探知与傲慢

我想用魔法!

要是某只白色的红眼恶魔(**注:形象源于《魔法少女小圆》**)现在对我说:“跟我签订契约成为魔法少女吧!”我搞不好会点头答应。

当然,之后我会收拾掉那个白色的家伙。

不过,要是那家伙真的出现了,我一定会二话不说猎杀它!

好了,玩笑就开到这里吧,是时候认真思考要怎么使出远距离攻击了。

虽然最理想的办法还是让我变得能够使用魔法,但这里有一些问题需要解决。

首先,我没办法使用魔法的原因,就是我根本不知道魔法该如何使用。

这就像是手上拿着一台游戏机,却不晓得该如何开启一样。这是最根本的问题。

除此之外,我觉得如果要使用魔法,说不定还需要某些必备的技能。

我之所以会这么认为,是因为在众多技能中有一个可疑的东西。

那就是“魔力感知”技能。

仔细想想,既然有“魔法”这种东西,也有“MP”这种东西,那就算有“魔力”这种概念也不奇怪。不过,那也可能只是MP的另一种称呼。

要是没有这个技能，是不是就没办法感知到那种名为“魔力”的东西？

很有可能。不，只有这种可能性了。

因此，如果要使用魔法，是不是需要用到这种名为“魔力”的东西？

于是，我询问天之声（暂定），找寻与之相关的技能。

那就是“魔力操纵”这个技能。

感知魔力并且操纵魔力，然后发动魔法。

这样似乎合乎逻辑。

换句话说，如果没有这两个技能，是不是就意味着无法发动魔法？

我得出了这样的推论。

现在的我就像是既没有能启动游戏机的电源，也没有摇杆，居然还想玩游戏一样。

然后，我现在的技能点数是200点。

点数刚好能取得两个技能，而我需要的也正好是两个技能。

这不就等于是神明大人叫我快点动手取得吗？

不过，稍待片刻。

我回想起至今经历过的种种苦难。

神明大人会对我这么好吗？不，绝对不会！

别小看我总是在关键时刻陷入危机的糟糕运气，这其中肯定藏着某个陷阱。

但我其实早就知道那个陷阱的名字。

那家伙的名字就是“探知”。

我取得“探知”技能的时间点，正好也是取得“操丝术”的时间点——就是在击败大蛇的第一次进化之后。

对于依赖偷袭战术的我而言，反过来被偷袭是件非常危险的事情。

因此，为了早一步发现危险，我想得到方便搜索敌人的技能，所以才会取得“探知”。

不过，这实在是一大败笔。

原因是“探知”太过优秀了。

探知：统合所有感知系技能的技能。概要：魔力感知、术式感知、物质感知、气息感知、危险感知、动态物体感知、热感知、反应感知、空间感知。

很厉害吧？

所有感知系技能都统合在里面了。

这种好东西只要100点就能取得，而我也真的取得了。

这个技能的可怕之处，就在于它会同时发动其中包含的所有感知系技能。

而其中的个别技能无法单独发动。

至于这会造成什么样的后果，就是会让人感到剧烈的头痛。

那种疼痛连“头痛欲裂”都形容不了，根本就是脑袋要爆炸一样。

我想这八成是因为“探知”的性能太过优秀，才会让脑袋的处理速度无法跟上。

而且不同于其他技能，这不是等级提升就能解决的问题。

这技能打从一开始就因为性能太过优秀而无法使用。就算等级提升，也只会让性能变得更优秀，反而更加无法使用。

而且，因为一次感知到的事物太多，等级的提升速度也快得非比寻常。

我只在刚取得“探知”时发动过这个技能，然后因为头实在太痛而被吓坏了，第二次尝试发动的时候简直胆战心惊。

在这两次发动之后，直到“鉴定大人”变得能够显示技能名称时，为了调查“探知”的概要，我才又试着发动了一次。

在这三次尝试之中，每次技能等级都提升了。

只发动一次就能提升等级……真希望能把这样的成长速度分给其他技能。

然后，等级越是提升，技能就变得越是难用，从而陷入了无止境的恶性循环中。

我已经无计可施了。

正是因为这样，我才决定半永久封印这个技能。

但现在有个大问题。

如果要使用魔法，八成需要用到“魔力感知”技能。

而“魔力感知”就包含在“探知”之中。

“强力”和“刚力”，以及“坚固”和“坚牢”这两组技能，都分别是彼此的上下位技能。

“强力”和“坚固”是取得称号“魔物杀手”时附送的技能，而“刚力”和“坚牢”则是取得称号“魔物屠夫”时附送的技能。

前两个技能会根据技能等级的数值，提升攻击力和防御力，而后两个技能则是在技能等级的数值乘以10后，提升攻击力和防御力。它们还能根据技能等级的高低，在人物等级提升时让能力值提升更多。

这些技能就像是我很可能在转生后就拥有的“韦驮天”劣化版。

然后在得到这些技能时，“强力”和“坚固”都分别被整合进“刚力”和“坚牢”之中。

看来只要得到上位技能，下位技能就会被自动整合进去。

这么一来，在已经拥有显然是上位技能——“探知”的现在，即使我想重新取得“魔力感知”，也很可能被自动整合进“探知”之中。

而“探知”无法单独发动其中的技能。

啊，这……不就表示如果没能解决“探知”的问题，我就一辈子都没办法用魔法了？

唔哇！

没想到已经被我半永久封印的技能，居然在这种时候挡住我的去路！

嗯……没办法解决这个问题吗？

简单来说，问题在于我脑袋的处理速度不够快，只要找到能弥补这点的技能，问题应该就能迎刃而解。

这绝对不是因为我的脑袋太笨。我说不是就不是。

是因为探知所需要的脑容量实在太大了。

就在这时，我发现了“鉴定大人”的新功能。

因为技能等级提升，“鉴定”能够显示技能点数了，之后只要对着显示出来的技能点数进行双重鉴定，就能显示出目前拥有的技能点数能够取得的技能的列表。

“鉴定大人”太神啦！

这样一来，我就不用向天之声（暂定）逐一确认，可以慢慢调查要找的技能是否存在。

而且既然会显示出鉴定结果，那就表示可以接着进行双重鉴定。

这意味着我可以在取得技能之前确认它的效果。

这样就不会再次发生像“探知”那样的意外了……应该吧。

于是我迅速查看技能列表，找寻能够解决“探知”问题的技能。

找是找了，但我意外地发现了一个令人瞠目结舌的技能。

因为实在太过震惊，我甚至忍不住回去再看一眼，然后又暂时停止鉴定，最后从头开始鉴定了一次。

那个技能就是如此与众不同。

就各种意义上来说……

傲慢（必要点数100）：通往成为神之路的n%之力。大幅提升经验值与熟练度的获取效率，各项能力的成长值亦会提升。此外，还能凌驾W的系统，获得对MA领域的干涉权。

完全看不懂。

我不仅看不懂这段说明的意思，也想不通为何这种技能只要100点就能取得。

虽然我还试着对“n%”“W”和“MA领域”这些莫名其妙的词语进行鉴定，但结果全都是“无法鉴定”。

从这段说明里，我只能勉强看出这个技能有增加经验值和熟练度的获取效率的效果，似乎还能提升能力成长值。

光是这样就已经相当厉害了。

傲慢——因为七大罪而广为人知的词语。

它是七大罪之中最严重的罪，一般也是最强恶魔的称号。

如果是在游戏里，这个词语通常都是用在最终的头目级敌人身上，或是出现在虽然很厉害但受到诅咒的武器的名称中。

光是听到这个名字，就能预料到这个技能不是什么好东西。

除了这个名为“傲慢”的技能之外，完全找不到其他能增加熟练度获取效率的技能，这更是加深了我心中不好的预感。

一般来说，在正常的游戏里，有这种技能是再普通不过的事，但这里偏偏没有。

原本该有的东西不见了，而唯一拥有类似功能的东西，就只有名为“傲慢”且感觉是位居顶点的技能。

“探知”已经是一个例子了，得到上位技能并不见得就是好事。

还好它只是害我无法使用魔法，只要不发动技能，它就不会对我造成负面影响。

不过，增加经验值与熟练度，不管怎么想，那都是会持续发动的效果吧？

万一这又是跟“探知”一样的陷阱，而且还是那种无法自由开关的技能……

总觉得这预感会成真啊。

不过，已知的效果非常吸引人就是了。

这种魅力能让人即使知道是陷阱，也想要主动跳进去——简直就是恶魔的诱惑。

“傲慢”的说明，和我拥有的神秘技能“n%I=W”似乎也有相同点。

既然相似到这种程度，看来不可能毫无关联。

这个神秘技能的效果目前还不清楚。

对我没有好处也没有坏处……吧。

只要这么一想，取得这技能好像也没有坏处不是吗？

随便下决定应该不太好吧。

不过，我还是做出了决定。不，我老早就决定好了。

我有某种预感。

那就是一定要取得这个技能。

哪怕以后的利害得失够我喝上一壶，我也一定要取得这个技能。

我无法不这么想。

连我都不晓得自己为何会被这个技能深深吸引。

虽然不知道原因，但所谓的直觉就是这样，所以这可能也没什么不可思议的。

总之，这么做不需要理由。

因为早在看到这个技能的瞬间，直觉就叫我一定要取得它。

目前拥有的技能点数是200。可以使用技能点数100取得技能“傲慢”。要取得吗？

当然。

成功取得“傲慢”。剩余技能点数是100。

太好了。

搞定啦！

熟练度达到一定程度。技能“禁忌LV2”升级为“禁忌LV4”。

搞砸啦！

满足条件。取得称号“傲慢的支配者”。

基于称号“傲慢的支配者”的效果，取得技能“深渊魔法LV10”“奈落”。

干得好啊！

哦……哦哦……

事情怎么会变成这样？

不不不……这不可能吧！

怎么回事？怎么回事？我要再说一次，这是怎么回事？

“禁忌”的技能等级提升了，而且还升了两级。这次真的搞砸了！

我好像还得了个很不得了的称号。我应该欢呼吗？

不对，“深渊魔法”摆明就是超高级的魔法吧？而且等级还是10。

这样很奇怪吧？

总之，先来确认刚得到的“深渊魔法”和“奈落”的效果吧。

我怀揣着这样的打算，准备确认自己的能力值，却在途中看到了不可思议的数值。

MP156、平均魔法能力127、平均抵抗能力127。

等一下，这些数值比刚才要多了100啊。

为什么？这也是“傲慢”的效果吗？

不过，数值增加不是坏事啦……

嗯，认真的话就输了。

好，来鉴定吧。

深渊魔法：操纵深渊黑暗的最上级黑暗魔法。能够使用的魔法会因等级而异。LV1：地狱门，LV2：无信地狱，LV3：邪淫地狱，LV4：美食地狱，LV5：贪婪地狱，LV6：愤怒地狱，LV7：异端地狱，LV8：暴虐地狱，LV9：欺瞒地狱，LV10：反叛地狱。

奈落：让奈落显现于世。

呃……我该说什么才好？

这些魔法感觉也太危险了吧。

这个地狱大全集是怎么回事？让奈落显现于世，摆明了就是超级危险的技能吧？

地狱门：起始之门。

无信地狱：无信无心之人的地狱。

邪淫地狱：沾染邪淫之人的地狱。

美食地狱：讴歌美食之人的地狱。

贪婪地狱：贪婪腐败之人的地狱。

愤怒地狱：沉浸愤怒之人的地狱。

异端地狱：倾倒异端之人的地狱。

暴虐地狱：暴虐无道之人的地狱。

欺瞒地狱：满口欺瞒之人的地狱。

反叛地狱：发起反叛之人的地狱。

还有，这样的鉴定结果是怎么回事？

根本没提到魔法有什么效果嘛。到底是谁写出这种鉴定结果的啊？

总之，虽然我有试着使用“奈落”技能，但什么事都没发生。

我既觉得有点遗憾又觉得松了口气，心情有些复杂。

啊……我觉得自己真的搞砸了。

天晓得这么夸张的技能暗藏着什么样的陷阱。

至于我一直担心的“技能可不可以自由开关”这个问题，答案似乎也是不行。

别的不说，就“取得技能就能得到称号”这件事而言，不管怎么想都很奇怪吧？

而且这称号摆明就有问题。

“禁忌”也一样，等级提升感觉并不是什么好事。

毕竟“鉴定大人”也说过“绝对不能提升‘禁忌’的等级”这种意味深长的话。

游戏里也经常会有这种不该提升的数值。

例如“恶行值”之类的东西。

一旦这种数值提升，就会让故事走向不好的结局，或是让村民对待你的态度变得恶劣。

只是这里没有那样的“故事”，我也不会遇到人类，所以影响并不大。

不过，其他技能都能靠“鉴定”清楚看到效果，唯独“禁忌”和“n%I=W”这两个技能始终处于效果不明的状态。

其中绝对隐藏着某种秘密。

要是等级继续提升下去，肯定会发生不得了的大事。

例如等级提升到最高的话，就会降下天罚把我打死什么的。

好可怕！超级可怕！

不……还没到紧张的时候。

反正等级还只有4，事情也不见得就如我所想。

嗯……像这样找不到显而易见的坏处，反而令人觉得恐怖。

“禁忌”目前毫无效果，“傲慢”目前也完全没有问题。

真希望能避免那种在不知不觉间慢慢步入绝境的状况。

但反过来想，我也不会马上遇到什么严重的问题。

反正我也无力解决，等事情发生时再紧张就行了吧。

希望我到时候还有时间紧张……

总之，剩下的技能点数就保留起来吧。

学会很厉害的魔法之后，自然会想试用一下，但我总觉得要是不先解决“探知”的问题，就无法前往下一个阶段。

“魔力操纵”八成也是必不可少的技能，这么一来，我就需要取得能够解决“探知”问题的技能，以及“魔力操纵”这两个技能。

仅凭我剩下的100点，只能取得其中之一。

反正先把点数存起来，等赚到200点再说吧。

可是，总觉得太安静了。

平常总能听到不少从远处传来的魔物叫声，但现在几乎听不到。

周围也看不见魔物的身影，这里难得这么安静。

这果然是因为那群猿猴的关系吧？

我想也是，要是有那么多猿猴一起移动，其他魔物当然会逃跑。

八成就是这么回事。

熟练度达到一定程度。取得技能“预测LV1”。

嗯，拿到新技能了？

让我瞧瞧……

预测：进行预测时，思考能力将得到提升。

嗯，虽然拿到不会有损失，但没有这个技能其实无所谓。

重点在于，这个技能并不能让人得到正确的预测结果或者答案。

它只能让脑袋稍微转得快一点，而且只能在特定情况下发挥效果。

话说，在能用100点取得的技能的列表中也有这个技能。

这种东西需要的技能点数和“傲慢”一样啊……

这果然很奇怪。

可是，周围还真的是连一只魔物都没有啊。

我感觉不到危险，所以应该不是有危险的家伙在附近闲晃，从而导致其他魔物消失踪影。

即使我专心凝视周围也什么都看不到。

熟练度达到一定程度。取得技能“视觉强化LV1”。

哦，又得到技能了？

让我瞧瞧……

视觉强化：强化视觉。

这不是废话吗！

算了，这也没办法。

这个技能好像也不是很有必要，毕竟蜘蛛的视力本来就很优秀。

话说，这个技能也只要100点就能取得。

这么说来，好像还有其他能强化五感的类似技能吧？

如果我刚才取得“视觉强化”的条件是专心凝视，那只要把精神集中在其他五感上，是不是就能提升熟练度了？

既然发现了这件事，那就赶快去试试吧。

先从耳朵开始。

蜘蛛的耳朵到底长啥样啊？这点连我自己都搞不清楚。

熟练度达到一定程度。取得技能“听觉强化LV1”。

哦哦，我得到想要的技能了。

很好，就这样把其他技能也拿到手吧。

熟练度达到一定程度。取得技能“嗅觉强化LV1”。

熟练度达到一定程度。取得技能“触觉强化LV1”。

味觉就等下次吃东西的时候再试吧。

可是，取得技能是这么简单的事吗？

蜘蛛的五感确实很敏锐，所以我之前都不曾把注意力放在上面。

莫非一定得集中精神，才能赚取熟练度？

如果不是这样，那我老早就得到这些技能了。

熟练度达到一定程度。技能“预测LV1”升级为“预测LV2”。

好快！我才刚刚得到这个技能吧！

为什么等级马上提升了？

不对，这是好事，我非常欢迎这种事情……

熟练度达到一定程度。取得技能“平行思考LV1”。

咦？还来啊！

而且，这不就是我认为或许能解决“探知”问题的技能吗？

平行思考：让人变得能同时思考好几件事情。

万岁！这样就能提升我脑袋的处理能力了吧？

不过，为什么我会取得这个技能？

我没有同时想着好几件事情啊。

啊，是“鉴定大人”……

我无时无刻在使用“鉴定”。

周围事物的鉴定结果会一直在脑袋中显示。

虽然一般情况下我会无视那些信息，几乎不把它们放在心上，但这也能算同时思考好几件事情。

我找不到除此之外的原因，所以多半就是这么回事。

不过，这样还是很奇怪。

我未免得到太多技能了。

不管怎么解释，像这样突然得到一堆新的技能，还是很奇怪吧？

虽然我也大概晓得原因就是了。

“傲慢”——

大幅增加熟练度的获取效率。

嗯，就是因为这样吧。

话说，这技能所能增加的熟练度获取效率是不是太高了？

我也不晓得具体的数值，所以没办法下结论，但感觉增加的幅度相当大。

熟练度达到一定程度。技能“预测LV2”升级为“预测

LV3”。

我就说吧。

好，既然好不容易得到或许能让我活用“探知”的新技能，那就赶快试试吧。

吸……呼……准备完毕。

开启“探知”。

呜呀啊！不行不行！关掉关掉！

熟练度达到一定程度。技能“平行思考LV1”升级为“平行思考LV2”。

熟练度达到一定程度。技能“探知LV4”升级为“探知LV5”。

呼……哈……头好痛。

我想也是。“平行思考”的技能等级只有1。

鉴于以往的经验，等级1的技能根本不值得期待。

感觉几乎没有差别。

虽然刚才的尝试提升了“平行思考”的技能等级，但“探知”的技能等级也同样提升了。

“探知”也升级的话就毫无意义了啊。

一旦“探知”升级，情报量就会随之增加。

即使“平行思考”升级，只要“探知”也跟着升级，那根本就是在原地踏步嘛。

而且“探知”每次发动都会升级，成长速度快得莫名其妙。别说是原地踏步了，“平行思考”反而会被抛在后头吧。

毕竟“傲慢”的效果会让“探知”的成长速度变得更快。

不过，“探知”这个技能到底是怎么回事啊？

这家伙到底是什么样的怪物啊？居然能让我一筹莫展。

没想到和地龙同一级别的强敌就在离我这么近的地方。

我觉得自己毫无胜算。

总之，目前只能等待“平行思考”的等级提升了。

反正我现在还没办法做到分割思考之类的事情，我能想到的赚取熟练度的方法，就只有一边思考一边阅读鉴定结果。

虽然只要发动“探知”就能提升“平行思考”的等级，但要是这么做就本末倒置了。

嗯……可是，这个想法本身应该没错。

只要思考能力上去了，“探知”使用起来就会变得更加简单……应该吧。

说起来啊，在列表上显示的技能之中，我觉得“平行思考”是最有可能办到这一点的技能。

嗯……再确认一次技能列表吧。

因为点数减少，所以上面显示的技能数量比上次要少。

但还是有不少的技能。

所有技能都只需要100点就能取得。

少数性能突出，或者极度不平衡的技能被除外了。

不过，“傲慢”这个极度不平衡的技能不知为何只要100点就能取得。

还有什么看起来能让“探知”变得能派上用场的技能吗？

演算处理：强化思考的演算能力。

记忆：提升记忆力。

大概就这些了吧。

出乎意料的少，而且“记忆”技能似乎不太符合条件。

这么一来，就只剩下“演算处理”符合条件了。如果取得这个技能，是不是就能使用“探知”了呢？

唔唔唔……毕竟就连最符合条件的“平行思考”都是这副德性了……

看来在等级不够高的时候，“演算处理”也不管用。

啊，等等？

“演算处理”简单来说就是数学，对吧？

是不是只要练习心算，就能取得这个技能了？

嗯，感觉值得一试。

那我就来计算2的次方吧。

2,4,8,16,32,64……

8192,16384……呃……应该是32768吧？

快算不下去了！

接下来是……嗯嗯嗯？

熟练度达到一定程度。取得技能“演算处理LV1”。

哦！很好很好，达成目标。

嗯，我是不是应该再试一次看看？

虽然我觉得多半没用，但姑且还是试一试吧。

吸……呼……准备完毕。

开启“探知”。

咕哇呀哇啊！不行不行！关掉关掉！

熟练度达到一定程度。技能“演算处理LV1”升级为“演算处理LV2”。

熟练度达到一定程度。技能“平行思考LV2”升级为“平行思考LV3”。

熟练度达到一定程度。技能“探知LV5”升级为“探知LV6”。

熟练度达到一定程度。技能“外道抗性LV2”升级为“外道抗性LV3”。

呼……哈……头好痛。

谁受得了这个啊。不行不行，头像要裂开一样，人家怕痛。

啊……太乱来了吧……

话说,“痛觉减轻”有在认真工作吗?

我已经有过不少次差点死掉的经历，连我都承受不住这样的疼痛，这到底是怎么回事啊!

还有，为什么连“外道抗性”都升级了?

什么意思?这表示“探知先生”的攻击已经达到外道的境界了吗?

就算说那是攻击也不过分吧?

毕竟我连抗性的等级都提升了。

认真思考一下吧。

我记得外道属性是能直接攻击灵魂的属性，对吧?

既然我的“外道抗性”等级提升，那就表示“探知”的效果并非仅仅与思考有关，还会对灵魂直接造成影响。

难道那种头痛有一半是灵魂的哀号?

唔哇……好可怕!

要是继续干这种事，我的灵魂会不会消磨殆尽啊?拜托别让我在不知不觉间变成废人啊。

熟练度达到一定程度。技能“预测LV3”升级为“预测LV4”。

收到。太好了，看来“预测”的效果并非准确地预知未来!

没事。这还只是预测，我不会有事的……就当作是这样吧。

嗯……不过，这么看来，如果拥有与灵魂有关的技能，是不是就能承受住“探知”造成的头痛？

不过，列表上找不到与灵魂有关的技能。

唯一有关的技能就是“外道抗性”了。

看来只能提升“外道抗性”的等级了吧？

但那东西到底要怎么提升啊？

啊……没办法。

果然还是只能按照当初的计划，想办法提升“平行思考”和“演算处理”的技能等级了。

既然发动“探知”能提升这两个技能的等级，就表示这两个技能应该有发挥到某种作用。在此之前，还是先再次把“探知”封印起来吧。要是随便乱用，后果不堪设想。

“探知”的问题就照着这个方向去处理，但中层的炎热到底该如何应对？

如果能想点办法取得“火抗性”，是不是就能稍微改善一下状况？

不过，不光是蜘蛛丝，八成连我的本体都怕火。

我在确认技能列表时发现了一件事，就是其中找不到“火抗性”。

换句话说，这意味着只用200点还不足以让我取得“火抗性”，对吧？

明明其他抗性都有，却唯独没有“火抗性”。

这可能是因为我本身怕火，所以取得“火抗性”的难度才会那么高。

熟练度达到一定程度。技能“预测LV4”升级为“预测LV5”。

收到。你这家伙升级的速度还真是快啊。这也是“傲慢”的效果吧。

先不管这个问题。即使明知不易取得，我还是要以取得“火抗性”，以及提升“HP自动恢复”的技能等级为目标。

为此，我每天都跑去中层好几次，一旦HP减少就跑回来，不断重复着这样的动作。

既然有受到伤害，就表示应该得到了针对火焰或是炎热的抗性熟练度。

虽然不晓得要花多少时间，但我觉得自己总有一天会得到“火抗性”，或是“耐热”之类的技能。

一旦HP减少，就会发动“HP自动恢复”技能，同时取得其熟练度，可谓是一石二鸟。

只要防御力和恢复力凌驾于受到的伤害之上，要在中层行走应该就不成问题。

除此之外的时间，我全都用来提升其他技能的等级。

主要是“平行思考”和“演算处理”这两个。

再来就是锻炼能力值提升系的技能。

尤其是“韦驮天”“刚力”和“坚牢”。它们技能等级越高，成长的额外奖励值就会越多，所以必须优先锻炼这些技能。

“韦驮天”能通过奔跑来提升技能熟练度，“刚力”能通过俯卧撑……不对，是“踩地撑”来提升技能熟练度，但“坚牢”的技能熟练度到底该如何获得啊？

毕竟那是提升防御力的技能，所以只能要跑去挨打吗？

嗯……要不要在练习操丝术时，顺便鞭打一下自己的身体试试？

虽然我怕痛，但还是试一次看看吧。

还有，如果要长期待在这里，就得想办法确保食物来源。

虽然现在因为有“过食”的效果，体力不会减少，但早晚是要吃东西的。

为此，我得稍微在附近晃晃，为狩猎做准备才行。

要不然，设置一些用来抓猎物的蜘蛛网也可以。

要把蛛网尽量设置得难以被发现，做成陷阱。

嗯，这是个好主意，采用了。

就算运气不好抓到了能挣脱蛛网的强大魔物，我一般也不会待在陷阱旁边，所以不会有危险。

既然如此决定，那就快点展开行动吧。

HP已经恢复完毕，我要再次前往中层，让自己的HP减少。

这工作听起来还真令人讨厌。

因此，我又回到中层了！

好热！现在的气温我根本无法测量！毕竟温度计什么的根本没带在身上！

今天一整天应该都要看到这遍地岩浆的画面吧！

这已经比“天气预报的大姐姐叫人避免外出”的等级要严重了！

以上便是来自中层的现场报道！收工！

呼……热死人了。

技能没有升级。无所谓，慢慢来吧。

反正也没有敌人在追杀我。

S1 学校

这个国家里也有学校这种东西。

在原本的世界，上学是理所当然的事，但在这个世界里，上过学的人是少数。能够上学的人，只有贵族之类的特权阶级、家境富裕的少数平民，以及拥有出众才能的人。

因为我身为王族，上学并不成问题。

苏也一样，身为公爵千金的卡迪雅也符合条件。

我们三人一起入学的事情早就已经安排好了。

这里的学校也和原本世界的学校一样，会传授一般的知识。

除了一般的知识以外，还有学习战斗的课程。

而且战斗的课程反而是重点。

虽然这个达斯特鲁提亚大陆是人族的领域，但是在其他大陆，人类和魔族，还有与魔物之间的战斗依然十分激烈。

达斯特鲁提亚大陆上也栖息着魔物，能够战斗的人才无论来多少都不嫌多。

因此，学校开展了不少有关战斗的课程。

我、苏和卡迪雅三人来到入学典礼的会场。

因为菲被当成是我的宠物，也就是使魔看待，所以我没把她带来。

虽然可以带她去上课，但这种活动就没办法一起参加了。

我环视周围。在今年入学的学生们正坐在位子上等待典礼开始。

因为这间学校是这一带规模最大的，所以也有许多来自别国的孩子前来就读。

我看向这些学生，但对方不是迅速移开视线，就是反过来盯着我看。

我感受着别人的视线，还听到他们交头接耳的声音。

“听说坐在那边的家伙，就是这个国家的王子。”

“大家都说他是天才，可是看起来没那么厉害啊。”

“有办法和他好好相处吗？”

虽然他们在说悄悄话，但因为我的耳朵经过听觉强化，所以听得一清二楚。

感觉真是糟透了。

“大家早啊。”

一道优哉游哉的声音打破了这种气氛，传进我的耳中。

回头一看，来者不出我所料，是冈姐，也就是名叫菲莉梅丝的精灵。(**注：第一集时译为“妖精”，为避免与Pixie混淆，于本集开始更正。**)

“早安。看到老师变成学生，总觉得有点奇怪。”

“不过老师也想再次享受青春，所以整个人兴奋无比呢。”

老师就这样在我身旁坐下。

坐在另一侧的苏用不客气的眼神看向老师。

与其说是不客气的眼神，倒不如说就是在瞪她。

这么说来，苏和老师还是第一次见面。

“喂，苏，不可以瞪人。对不起，老师。这家伙叫苏，是我的妹妹。”

“哦哦……嗯嗯嗯……这还真是……”

老师露出令人反感的笑容，开始上下打量苏。

而且表情一看就知道不怀好意。

“哥哥，这个可疑的家伙是谁？”

苏有些受不了，想躲到我身后却无处可躲。

“俊同学，你没有对妹妹做什么奇怪的事情吧？”

老师，拜托你不要一脸认真地用正经语气问这种问题。

我是无辜的。

“苏，她是精灵菲莉梅丝，以后会和我们在这间学校一起学习。我和俊在之前已经见过她一面了。虽然外表看起来比较年幼，但那只是因为精灵的成长速度慢，她的年龄和我们一样。而且她走过了许多地方，见识比我们广哦。”

卡迪雅代替我向苏解释。

每当遇到这种状况，我总是没办法好好说明，所以卡迪雅的解释真是帮了大忙。

“请多指教呀。”

“请多指教……”

尽管还有些警戒，但苏还是向老师打了招呼。

“卡迪雅，哥哥喜欢那种小孩吗？”

“你放心，绝对没那回事。别看菲莉梅丝那样，其实她是个很可靠的人。俊只是对她抱持敬意罢了。”

虽然你们两个在那边说悄悄话，但我全都听到了哟。

我绝对不是萝莉控。

之后得向帮我说话的卡迪雅道谢，苏则需要念叨她几句。

当我暗自愤愤不平时，正好与同样听到她们对话的老师对上视线，结果彼此都苦笑了一下。

入学典礼顺利结束。

之后，众人便各自解散，绝大多数学生都回到刚搬进去的宿舍，或是前去参观学校。

这间学校采用完全住宿制。

即使是我也不例外，只要在这间学校就读，期间就必须住在宿舍。

如果没有什么重大的事由或是遇到长期休假，谁都无法踏出学校一步。

“等一下有什么计划吗？”

卡迪雅用大小姐语气向我搭话。

我们早已打理好宿舍的一切。

如果可以，我想参观一下学校。但要是把菲丢着不管，她之后可能会抱怨，结果我们还是决定先回宿舍一趟。

“老师有想见的人，大家要跟我一起过去吗？”

正当我打算先回宿舍一趟时，老师如此提议。

“想见的人？”

“是啊。他们是未来的圣女和剑帝。我觉得见见他们并无坏处。”

圣女与剑帝。

说到圣女，就是邻国——圣亚雷乌斯教国的象征性人物。

圣女被称为勇者的半身，历代圣女皆由国家任命，肩负着与勇者一起行动的义务。

成为圣女的资格无关家世，完全是按照实力进行选择。

而且圣亚雷乌斯教国还是神言教的大本营，也是全世界的神言教教徒的聚集地。

换句话说，从世界各地集合而来的圣女候选人，是女性神言教教徒中的顶级精英。

尤利乌斯大哥的身边就有当代圣女伴随。

我记得她叫亚娜，是光与恢复魔法的高手，也是大哥队伍中唯一的女性。

虽然我只见过她几次，但以一位圣女而言，她的个性似乎有些泼辣。

要见那位亚娜小姐的继任者候选人啊……

至于剑帝，则是指卡萨纳喀拉大陆的人族最大国家——连克山杜帝国的国王本人。

连克山杜帝国紧临着魔族的地盘，是个征战不休的国家。

如果要成为那个国家的国王，强大的实力便是第一条件。

因此，历代国王都继承了初代国王的称号，被世人称作剑帝。

与圣女是从具有资质的候选人中遴选出来的不同，剑帝是彻底的血统主义。

换句话说，现任剑帝的儿子也在这所学校就读。

“啊，你说的是连克山杜帝国的皇太子对吧？这件事我也略有耳闻。我记得他和我们一样，也是在今年来这所学校就读。据说他是剑术天才，如同初代剑帝再世一般。”

咦，卡迪雅知道这件事？

我完全没听说过这种情报啊。

“俊，你应该多关心一下世界大事。”

卡迪雅似乎从我的表情中察觉到什么，一脸受不了地说道。

呜……无法反驳。

“不过，老师，你之所以特地去见他们，应该是因为那个吧？”

“就是因为那个哟。”

“那我也不能不去会会他们了。”

她们两人自顾自地继续说着莫名其妙的事情。

我和苏跟不上话题，只能看着她们交谈。

“俊，我们走吧……怎么了？你那是什么表情？”

“呃……我听不懂你们在说什么……”

“苏就算了，为什么连你都听不懂……”

卡迪雅和老师同时露出同情我的表情。

没……没必要露出那种表情吧？

“不过，既然老师说应该去见他们，我就去认识一下对方吧。”

“俊，你这家伙……”

卡迪雅扶着额头，像是在忍耐头痛一样。

“你是不是太过信任老师了？”

“什么？”

我听不懂卡迪雅小声说出这句话的意思，整个人愣在原地。

看到我的反应，卡迪雅重重地叹了口气。

“啊，看来不需要我们主动去找对方喽。”

听到老师这么说，我转头看向她那边，结果看到一名少年和一名少女正走向这里。

少年有着一头看似黑色的茶色头发，以及同样颜色的双眸，五官相当精悍。

少女有着一头波浪状的金发和碧蓝色的眼睛，身上隐约散发出某种神秘的魅力。

“嗨，那个小不点精灵就是冈姐吗？”

“夏目，这样说话对老师很不礼貌。老师，好久不见。”

少年和少女用日语向我们搭话。

这下子，我总算理解老师和卡迪雅刚才在说什么了。

这两人和我们一样都是转生者。

“好久不见。夏目同学和长谷部同学看起来都很有精神，真是太好了。”

老师的话语让我得知了这两人原本的名字。

少年原本的名字是夏目健吾，曾经是班上男生的核心人物。

只不过，我不太喜欢夏目这家伙。

他擅长运动，打架也厉害。

虽然他不曾实际施展暴力，却经常不经意地展现自己的力量，让旁人对他言听计从。他就是那种个性霸道的家伙，言行举止之间透露着对他人的不尊重。

因此，班上的男生也分成跟随夏目的人，以及不想和他扯上关系的人。

我就是努力不和他扯上关系的那一派。

“哈哈！冈姐本来就很娇小，现在缩得更小了！真好笑！”

“夏目！”

斥责夏目的少女是长谷部结花。

长谷部和夏目不一样，是个中规中矩的普通女孩。

我们班上的女生是以菲——也就是漆原美丽所属的小团体较为出风头，而长谷部则是和手鞠川和古田那些比较乖巧的女生混在一起。

不过，这只是和菲做比较得出的结果。虽然她也算是个开朗活泼的女生，但要是问我她身上有什么可以被称为圣女候选人的要素，我还真是答不出来。

“因为我是精灵，身材娇小是没办法的事。再说，现在的夏目同学也没比我好多少，不是吗？”

“反正我以后还会继续成长，所以根本无所谓。对了，那边的家伙是这个国家的王子吧？里面是谁啊？”

夏目的视线移向我。那双眼睛像是看准了猎物一样，闪烁着凶猛的目芒。

那是仿佛随时都会向我发起攻击的锐利目芒。

这家伙在前世确实很讨人厌，但以前的他是眼神这么危险的家伙吗？

“我是山田俊辅。”

“我是大岛叶多。好久不见。”

我简短地如此回答，卡迪雅则像是要展示自己一样走到前方。

“咦？你是叶多？”

“没错，我就是大岛。吓一跳吧？我转生成女人了。”

卡迪雅成功吸引了长谷部的注意力。

她们开始聊了起来，夏目的视线也从我身上移开。

谢啦，卡迪雅。

总之，我依旧和前世的时候一样，不想和夏目——也就是现在的由古·邦恩·连克山杜扯上关系。

幕间　爱操心的公爵千金与老师

“老师，你差不多该告诉我跑来上学的理由了吧？”

“当然是为了再次以学生的身份讴歌青春啊。”

“老师，我是很认真地在问你……”

“开玩笑的啦。简单来说，就是为了监视你们这些因为身份高贵而得不到保护的转生者。”

“果然是这样。”

“哎呀，你猜到了吗？”

“都看到转生者这么不自然地聚集在一起了，当然多少猜得到一些。虽然不清楚具体的方法，但应该是你们精灵通过交涉，把转生者全都聚集在学校里了吧？”

“夏目同学是这样没错，可是长谷部同学真的只是碰巧。”

“老师只否定一半啊……”

“因为我骗不过聪明的卡迪雅啊。”

“那就让聪明的我问个问题吧。你说过只剩下六个人没找到，那些家伙还活着吗？”

“有四位同学已经确定死亡。虽然我已经找到剩下两位的所在之处，但目前还无法与他们接触。”

“这样啊……果然如此。”

“对不起。”

“老师不必为这件事道歉吧？可以告诉我死掉的家伙们的名字吗？”

“林康太、若叶姬色、小暮直史、樱崎一成……就是这四位同学。”

“这样啊……不过，这样我就明白老师为什么会从容不迫地跑来上学了。因为已经没必要继续找人了，对吧？”

“我还是有继续进行剩下的两人的保护活动啦。”

“你说的那两人是谁？他们现在怎么样了？”

“这是秘密哦。”

“老师，我是在跟你讲正经事。”

“这是必须认真保密的事情哦。”

“这和老师不让我们接触那些已经受到保护的家伙有关吗？”

“不，那又是另一件事情了。这两件事情没什么关联呢。”

“原来如此。顺便问一下，那些受到保护的家伙们过得还好吗？”

“他们很好哦。”

“受到保护的那些家伙叫什么名字？”

“这个我不能说。”

“无论如何都不行？”

“虽然你总有一天会知道，但我觉得现在还不是时候。”

“老师只告诉我这些，我根本搞不清楚状况。”

“很抱歉，不过我必须这么做，顺便还要给你一个忠告。”

“什么忠告？”

“请不要过分地锻炼技能。”

“为什么？”

“我不能说。”

“老师在外面的世界到底看到了什么，我无从得知。不过，你应该知道俊的哥哥是勇者吧？我从俊的口中听说过那位勇者大人的英勇事迹，像是他孤身一人从一大群魔物手中保护村子，或是因为魔族的诡计喝下毒药，但依然击败敌人等。”

“那又如何呢？”

“这个世界充满危险。即使我们不是勇者，我和俊也是有着一定地位的人，说不定以后就不得不踏上战场。我好歹因为是女性，上战场的可能性还不算高，可俊是王族，而且还不是王位继承人，他就很有可能要上战场。让这样的我们别去锻炼技能，不就等于让我们坐以待毙吗？”

“我不是这个意思！”

“我想也是。我也知道老师不是会说这种话的人。虽然明白，但老师连原因都不说清楚就让我乖乖照做，我办不到。”

“果然不行吗……”

“对不起，我说得有些过火了。”

“不会，没关系。毕竟隐瞒秘密的人是我。”

“连老师为什么要隐瞒这么多事情的原因也不能说吗？”

“很抱歉。”

“这件事与精灵有关吗？”

“什么？”

“我觉得很不可思议。为什么精灵要帮忙保护转生者？虽然你好像已经和那些精灵说明了原委，但他们可靠吗？老师该不会答应了精灵的奇怪要求，被他们逼着做事吧？”

“没有那种事哦。关于这一点，我只能请你相信老师了。”

“即使老师有这么多事情瞒着我们？”

“这点也请你多多包涵了。”

“我可没办法像俊那样，只凭直觉就彻底相信别人。虽然我想相信老师，但只要老师还有事情瞒着我们，我就没办法发自心底相信老师。”

“其实我觉得这样做反而正确。俊同学就是太过耿直了。”

“我也有同感。我有时候甚至觉得那家伙不能没有我。”

“哎呀哎呀哎呀？虽然没有发芽，但至少有种子吗？要真是这样，那就有趣了呢。”

“咦，你说什么？老师，你那个恶心的微笑是怎么回事？你现在的外表是小女孩呀，要是露出那种恶心的笑容，感觉超级讨人厌啊。”

“这是天罚哦。”

“咕哇！”

3　开始攻略中层

我来到中层啦！耶——

我要从今天开始攻略中层！耶——

虽然远距离攻击和耐热问题都还没完全搞定，但我还是要上！耶——

唉……要是不努力振奋一下士气，谁能撑得下去啊……

在初次发现中层后过了几天。

我在这段时间拼命锻炼技能，实力变强了不少。

我现在的能力值大概是这样——

小型毒蜘蛛怪　LV5　姓名　无

能力值　HP：57／83（绿）　MP：181／181（蓝）

SP：51／82（黄）2UP　SP：82／82（红）2UP

平均攻击能力：92　平均防御能力：92

平均魔法能力：135　平均抵抗能力：168

平均速度能力：830 1UP

技能

"HP自动恢复LV5"　"MP恢复速度LV3"　"MP消耗减缓LV2"

"SP恢复速度LV2"　"SP消耗减缓LV3 1UP"　"破坏强化LV1"

"斩击强化LV1"　"毒强化LV2"　"气斗法LV1"

"气力附加LV2"　"猛毒攻击LV3"　"毒合成LV7"

"丝的才能LV3"　"蜘蛛丝LV9"　"斩击丝LV6"

"操丝术LV8"　"投掷LV6"　"命中LV7"

"闪避LV3" "立体机动LV3" "隐秘LV7"
"集中LV9" "预测LV8" "平行思考LV4"
"演算处理LV6" "鉴定LV8" "探知LV6"
"外道魔法LV3" "影魔法LV2" "毒魔法LV2"
"深渊魔法LV10" "破坏抗性LV1" "打击抗性LV2"
"斩击抗性LV3" "火抗性LV1" "黑暗抗性LV1"
"猛毒抗性LV2" "麻痹抗性LV3" "石化抗性LV3"
"酸抗性LV4" "腐蚀抗性LV3" "晕眩抗性LV2"
"恐惧抗性LV7 1UP" "外道抗性LV3" "疼痛无效"
"痛觉减轻LV7" "视觉强化LV8" "夜视LV10"
"视觉领域扩大LV2" "听觉强化LV8" "嗅觉强化LV7"
"味觉强化LV4" "触觉强化LV6" "生命LV7"
"魔量LV8" "爆发LV8 1UP" "持久LV8 1UP"
"刚力LV3" "坚牢LV3" "护法LV3"
"韦驮天LV3" "傲慢" "过食LV7"
"奈落" "禁忌LV4" "n%I=W"

技能点数:180

哎呀，我真的变强了。

新增的技能也有不少。

因为"鉴定大人"能显示尚未取得的技能，我能锁定看起来不错的技能，采取与那个技能有关的行动，然后赚取熟练度取得技能。

拜此所赐，包括我之前就一直很在意的技能在内，我现在拥有的技能增加了不少。

不过，我之所以能一口气取得这么多新技能，应该都是多亏了“傲慢”的效果。

我收集了与MP和SP有关的所有技能。

也就是“恢复速度”和“消耗减缓”。

一如字面上的意思,“恢复速度”就是提升自然恢复速度的技能，而“消耗减缓”则是能减少消耗量的方便技能。

特别是“SP消耗减缓”这个技能，似乎对红色和黄色这两种体力都能发挥作用。

具体来说，就是能让红色的总和体力更加难以消耗，并且在奔跑时降低黄色体力的消耗量。

我还莫名其妙地得到了“立体机动”这个技能。

因为我把巢筑在天花板附近，经常爬上爬下，结果就在不知不觉间取得了这个技能。

它的效果似乎是让人变得能够飞檐走壁。

然而根本没必要。我打娘胎出来就会这招了。

剩下的技能，我以后会找机会依序说明。

对了，旁边标示着UP的技能，似乎是表示该技能在最后一次确认之后出现了变化。

这次有提升的技能是“SP消耗减缓”“恐惧抗性”“爆发”和“持久”。

“爆发”和“持久”就像是“强力”这类技能的SP版,“爆发”对应的是黄色SP，而“持久”对应的则是红色SP。

能力值中的速度与SP都提升了。

这几天让我明白了一件事，那就是不光是技能，连能力值也能通过锻炼，在提升人物等级之外的时候提升。

为了提升“韦驮天”的技能等级，我一直跑个不停，因此注意到能力值也跟着提升了。

我以前也经常被魔物追着跑，但能力值并没有多少提升，不晓得这单纯是因为跑得不够多，还是因为“傲慢”的技能效果提升了技能的成长速度。

虽然无法确定是什么原因，但“傲慢”肯定对此有影响。

因为我一直保持着发动“鉴定”的状态，所以只要出现UP的标示，就表示技能和能力值在前一刻提升了。

这些标示会在出现后的一段时间里自动消失。

也就是说，如果技能和能力值有所提升，那肯定是因为我在前一刻采取了相应的行动。

呵呵呵……我能够一口气提升这么多技能和能力值，很厉害对吧？

这也是理所当然的结果。

毕竟我刚才是全速狂奔，而且还是拼了老命。

地龙卡古纳　LV26

能力值　HP:4198/4198(绿)　　MP:3339/3654(蓝)

SP:2798/2798(黄)　　SP:2995/3112(红)

能力值鉴定失败

那是——龙。

比起之前看过的地龙亚拉巴，这家伙的体格看起来更加粗壮，感觉力量也更强。

它和亚拉巴一样，没有翅膀。

那家伙毫无预兆就出现了。

正当我一如往常准备外出狩猎时，身后的家突然被轰掉。

光是爆炸余波就让我在地上滚了好几圈，我只能用眼角的余光去瞄那只地龙。

然后我全速逃跑，顺势逃进了中层——这就是能力值和技能为何升级了的真相。

哈哈哈……我当时逃得还真是拼命呢。

拼命到技能和能力值都提升了啊！

莫非，地龙有看到蜘蛛网就要破坏掉的习性吗？

太吓人了吧。

还是说，其实下层是地龙的巢窟？

太可怕了吧。

不不不……那种家伙的数量应该不会太多。

我想起成功鉴定出来的地龙能力值——全都是四位数。

这样太奇怪了吧？谁能打赢这种怪物啊？

而且它明明才刚使出足以破坏我家的强力攻击，MP和SP居然还相当充裕。

换句话说，那种攻击是可以连发的。

太胡来了吧。那究竟是什么怪物啊？地龙好可怕。

话说回来，那只地龙和之前看过的地龙亚拉巴的种类并不相同。

虽然它的等级比地龙亚拉巴还要低，但我当时没能鉴定出亚拉巴的能力值，所以不晓得它们谁比较厉害。

但无论如何，它们都不是我能战胜的对手，唯独这点不会有错。

既然亚拉巴和卡古纳都叫地龙，那它们之间是不是有什么关系？

例如它们原本都属于同一种魔物，只是后来进化成了不同种族什么的。

啊……这很有可能。

毕竟龙就如同上位种族的象征，即使有许多可以进化的种类也很正常。

如果不是这样的话，那就是每种地龙都只有一只？这也很有可能。

毕竟地龙是上位种族，所以数量不是很多，但每一只都超级强大什么的。

嗯，那种能力值就算用超级强大来形容也不过分吧。

如果真是第二种情况，那遇到地龙的概率就会很低，对我来说是件好事。

不对，等一下……

这样的话，那我不就是被理论上很难遇到的地龙袭击了两次吗?

又或者说，这不就意味着我的运气差到了极点吗?

才……才没有那种事……

虽然我好几次差点死掉，但最后都活了下来，所以我的运气其实还算好……应该吧。

咦？可是，运气好的家伙会隔三差五地遇到这种事吗?

嗯……嗯?

不行，我不能继续想下去了。

真的是千钧一发，幸好我正准备出门。

看来我的运气还不算太差。

就当成是这样吧。

快来人告诉我就是这样。

熟练度达到一定程度。技能“预测LV8”升级为“预测LV9”。

没人问你啦!

这时机算得也太好了吧！

难道你在等着吐槽吗！

天之声（暂定）是不是有当搞笑艺人的才能啊？

呼……因为这些无聊的蠢事，我稍微激动了一下。

嗯，虽然没有比这更不吉利的开头了，但我还是顺势开始攻略中层。

因为，我想尽快远离地龙。

好，先来确认一下状况吧。

我现在正被滚烫的岩浆包围。在这里，陆地和岩浆的面积比例差不多。

虽然顺势跑来了这里，但我应该没有走错路吧？

无所谓，反正我根本不认得路，只是随便乱走罢了。

因为地龙攻击的余波和超出极限地不断奔跑，我的HP减少了许多。

仅仅只是HP减少的话倒不是什么大事，问题在于在这个会一直持续受伤的灼热地区，自动恢复的HP会被抵消掉，HP不会自动恢复。

虽然在中层与下层之间来来去去，我成功取得了火抗性，但它的技能等级只有1。

就现在而言，等级1的“火抗性”和等级5的“HP自动恢复”刚好可以抵消掉炎热所造成的损伤。

虽然这是件好事，但同时也意味着HP一旦减少就很难恢复。

如果想恢复HP，就只能期待等级提升后的完全恢复，或是提升“HP自动恢复”和“火抗性”的技能等级，打破自动恢复和持续受伤的均势。

话虽如此，但岩浆近在身旁，所以在最糟糕的情况下，搞不好受到的损伤会比恢复的HP要多。

我是很想尽量避开特别炎热的地方，但也不晓得能否顺利避开。

根据我之前在上层和下层待过的经验，这个中层应该也相当广阔。

毕竟这里是全世界最大的迷宫。

这迷宫可是大到足以连接两个大陆。如果想逃离中层，就得做好可能会花上好几天的心理准备。

路途明明还很遥远，我却在迈出第一步时就摔了一跤——真是个不好的兆头。

好，我要出发了。

嗯……可这里还真是热啊。

毕竟在转生成蜘蛛之后，我就一直在冷暖适当的舒适气温下生活。

环境变化如此剧烈，让我不太想动。

但我经常跑来这里锻炼技能，所以还不至于无法忍受。

尽管如此，只要想到在离开中层之前都得一直保持这种状态，我就没办法不觉得厌烦。

尤其是脚。

这里可是岩浆就在身旁流动的地方啊。

地面当然是热得不行。

这已经不是被夏天太阳直射的柏油路所能比拟的热度了。

要是在上面打颗蛋，别说是煎成荷包蛋，甚至会直接烤焦。

而我就赤脚站在这上面。

这种感觉已经超出了热的程度，根本就是痛了。

要是没有“痛觉减轻”和“HP自动恢复”，谁有办法站在这里啊！

啊，发现魔物了。

艾尔罗喷火怪　LV5

能力值　HP：159／159（绿）　MP：145／148（蓝）

SP：145／145（黄）　SP：116／145（红）

平均攻击能力：83　平均防御能力：81

平均魔法能力：79　平均抵抗能力：77

平均速度能力：88

能力值鉴定失败

哼哼哼……随着“鉴定大人”的等级提升，现在已经连攻击力之类的能力值都能看到了！

呀！好厉害！

虽然成功率没有很高就是了……

那是我在抵达中层后初次见到的魔物。

就是长得像是海马的家伙。

那家伙和我第一天来到这里时一样，在岩浆里悠闲地游泳。太胡来了吧……

它没有注意到我，让我很想就这样装作没看到，但它挡住了我的去路。

嗯……这下子该怎么办呢？

正当我如此烦恼时，对方总算注意到我了。

海马和之前一样，躲在岩浆里吐火球。

我闪！躲掉了。

嗯，这样的速度可射不中我哦。

虽然以前我连青蛙的口水攻击都躲不掉，但我现在的速度快了不少，还拥有“闪避”技能，实力早已提升到当时无法比拟的档次。

现在的我，已经拥有丝毫不输给那位游戏角色的神级闪避能力了!

即使身穿只要挨上一击就会被烧成焦炭的纸制盔甲，但只要不被打中就不会有问题!

可是，这种情况一点都不有趣。

双方都没有决胜手段。

对方的火球射不中我。

我也没办法用蜘蛛丝——这意味着我没有能攻击那家伙的手段。

双方都无计可施。

啊，不对，那家伙的MP快要用完了。吐那种火球似乎要使用MP。

既然这样的话，那一旦它的MP耗尽，就不会再有火球飞过来了吧。

“鉴定大人”果然就像作弊一样，居然能在战斗中获取对手的情报。

很好，我躲过最后一个火球了。这样一来，那家伙就没有MP了。

它接下来采取的行动将决定这场对决的走向，结果到底会如何呢?

啊，它从岩浆里爬出来了。

然后就这样冲了过来。

真是白痴。如果我是那海马，在MP用完那一刻就会选择战略性撤退。

我轻易避开在我眼中慢得不行的冲撞，然后就这样跳到海马背上，用附带毒素的爪子刺进去。

话说，这家伙的身体好烫啊！我的HP甚至还减少了一些！我宝贵的HP啊……

总之，被猛毒侵蚀的海马很快就一命呜呼了。

嗯，总算是打赢第一仗了。

两个火球在空中划出弧线，向我背后飞去。

但就算同时飞来两个火球，现在的我也能轻易避开。

我将视线瞥向飞来火球的方向，那里有两只海马。

看来这一带有很多海马，到处都能看到它们的踪影。

它们似乎很少一起行动，只是各自随便闲晃。但既然它们会像这样碰巧一起出现，那当然也会同时发动攻击。

不过，毕竟它们并非像猿猴那样成群结队发动袭击，所以还算容易应付。

我避开再次飞来的火球。

也许是因为它们平时各自生活，所以它们的攻击并没有默契，感觉只是各打各的。

若非如此，我搞不好会陷入苦战。

虽说只要不被射中就不会有问题，但反过来说的话，一旦被射中就完蛋了。

要是怕火的我被火球射中，绝不可能全身而退。

再说，如果只是闪躲的话倒还好，但这里可是到处都是岩浆的灼热地区。

万一不小心摔进岩浆里，别说是起火燃烧，我的身体肯定会变成焦炭消失的。

在闪躲火球的同时，还得多注意脚下。

我仿佛是在玩没有复活机会的弹幕射击游戏。

而且还得真的赌上自己的性命。

无法主动攻击这点也让人很头疼。

因为吐出来的蜘蛛丝会马上着火，所以在这个地方使用蛛网根本毫无意义，更别说是让我主动靠近岩浆了。

与能随意发动攻击的对手不同，我只能被动地闪躲，因此处于进退维谷的窘境。

不过，只要能撑到海马用完MP就没问题了。

只要耗尽MP，海马就会爬上陆地——

居然主动舍弃自己的优势，踏上与对手条件对等的战场。

它们既是绅士，也是笨蛋，甚至可以说是白痴。

第一只耗尽MP的海马正傻乎乎地爬上陆地。

我立刻用带有猛毒的爪子收拾掉它。

我在锻炼过程中新得到了“破坏强化”和“斩击强化”，这些技能进一步提升了攻击的威力。

“破坏强化”一如其名，是能增加破坏力的技能。这么说可能有些难懂，但只要把它想成是能提升整体攻击力的技能就行了。

“斩击强化”也是类似的东西。只不过，这个技能只能提升斩击的威力。

因为第二只海马刚好在这时爬上陆地，所以我同样轻松地解决了它。

经验值达到一定程度。个体——小型毒蜘蛛怪从LV5升级

为LV6。

各项基础能力值上升。

取得技能熟练度等级提升加成。

熟练度达到一定程度。技能“毒强化LV2”升级为“毒强化LV3”。

熟练度达到一定程度。技能“闪避LV3”升级为“闪避LV4”。

取得技能点数。

哦！我升级了！

因为HP减少了，所以这时升级再好不过。我迅速脱皮，恢复失去的HP。

虽然海马不难缠，但一碰到它们的身体，我自己也会受伤。

如果只有一只的话，这点损伤倒算不上什么。可是一旦累积下来，这样的伤势也不容小觑。

现在的恢复手段只有升级后的完全恢复，如果条件允许，哪怕只是一点点损伤我都想避免。

顺带一提，只要在地上稍微放一段时间，这些家伙的尸体就会变冷，所以我会等尸体凉掉之后才开吃。

如果这次升级能提升“火抗性”或“HP自动恢复”的等级，我就会轻松许多，但天底下果然没有这么好的事。

“火抗性”的等级依旧只有1，“HP自动恢复”也没有升级。

“火抗性”没能升级是无可奈何的事。看来我所属的种族就是怕火，要克服这个弱点，绝非一朝一夕的事。

因为“HP自动恢复”是个很强大的技能，所以升级的难度也很高。

算了，反正“自动恢复”这种好东西，本来就是在游戏后期才能取得的技能。

光是能在不消耗技能点数的情况下自然取得就已经算是赚到了，如果还奢求更快的成长速度，那就太贪心了。

我得抱持着光是拥有就算赚到的想法才行。

事实上，如果没有“HP自动恢复”技能，我根本不会有“要突破中层”的想法。

因为那根本就是不可能的任务。

在没有“HP自动恢复”的情况下闯进会持续受伤的地区，这和自杀没什么不同。

自杀可不是我的兴趣爱好。在那种情况下，我应该会选择寻找其他纵穴的方案，继续在下层徘徊吧。

在住有那只地龙的下层徘徊………太胡来了，我必死无疑。

攻略中层的过程还算顺利。

除了海马之外，我还遇到了其他魔物，但都不是什么强敌。

只要没有地形上的不利因素，我就不可能败下阵来。

只不过，这个“地形上的不利因素”就是最大的问题。

首先是岩浆。这个问题真的很棘手。

一旦对方躲在岩浆里，我就只能丢石头进行攻击。

难得拥有“投掷”技能，我想试着学猿猴那样丢石头，但那样的攻击没办法对敌人造成有效的伤害。

结果，只要对方不愿意上岸，我就几乎等于束手无策。

如果每种魔物都像海马那样，耗尽MP就会傻傻地上岸的话倒是还好，但其中也有会继续泡在岩浆里面，或是直接逃跑的魔物，让情况变得更加难处理。

有些魔物则是正好相反，刚开始时会待在陆地上，一旦被逼入绝境就躲进岩浆里。

没办法用蜘蛛丝也是个棘手的问题。

明明我都已经得到“丝的才能”了，这可是一个能提升各种丝的攻击力的出色技能啊……

只是用丝捡起石头丢出去是没问题，但要是把吐出来的丝放着不管，哪怕是在陆地上，也会起火燃烧。

最令人伤脑筋的是，我经常会在不自觉的情况下吐丝。

当我移动时，屁股会自己吐丝，而那些丝会在这里烧起来。

燃烧的丝会像导火索一样慢慢延烧，给我的屁股加热。

并非比喻，在第一次真的“火烧屁股”时，我着实慌了手脚。

HP本来就因为烧伤减少了许多，我还用“毒合成”来灭火，所以对HP更是雪上加霜。

毕竟我手边没有其他能灭火的东西嘛。

迫不得已，我只好时不时就切断在不自觉的情况下吐出来的丝。

要是不这么做，我肯定又得火烧屁股了。这可不是什么比喻。

睡觉的地方也是一大问题。

如果在这种地方筑蜘蛛巢，不用想也知道我会连着巢一起被烧掉。

没办法，我只能放弃筑巢，转而躲在岩石的暗处睡觉。

不过，我根本不可能睡得着。

在这种会持续受伤的灼热地狱，而且还得一边警惕魔物的气息一边睡觉——

就算我的神经再怎么大条，也还是有个限度的。

尽管如此，我还是要强迫自己睡觉。

虽然睡了几乎等于没睡，我依旧决定随便找块岩石准备就寝休息。

这里的环境在某种意义上，甚至可以说比下层还要恶劣，但值得庆幸的是这里的魔物并不强。

就实力而言，这里的魔物和上层差不了多少。

虽然说不定会有像蛇一样——称霸那个地区的魔物，但我目前遇到的魔物都很弱。

这里的魔物与上层魔物的最大区别，果然还是会不会利用地形。

因为这个缘故，连实力算不上强的魔物都变得难以对付。

因为恢复手段不多，所以哪怕是吃到一发攻击，我也会马上陷入危机。

再说，虽然目前遇到的魔物都很弱，我还能勉强应付，但说不定会出现下层等级的强大敌人。

光是地形因素就让我陷入苦战，要是再出现那种敌人……

我只能尽量祈求，希望不要有那种家伙出现。

虽然只要能使用魔法，情况就会为之改变……

但如果要使用魔法，就得先解决“探知”这个与地形不相上下，甚至更加难处理的问题。

不管怎么样，这都不是一朝一夕能解决的问题。

唉……好想使用魔法啊……

Y2 噩梦残渣

踏进艾尔罗大迷宫后过了几天，我们总算抵达了冒险者遇到变异种蜘蛛怪的地方。

从这里开始，我们就要在哥尔夫先生的带领下，展开探索周边地区并且寻找讨伐对象的工作了。

“请多加小心。这附近的道路比较宽广，地幼龙之类的大型魔物也会出现。”

地幼龙啊……幼龙种大体而言都很强大。

如果是下位幼龙种，它们的实力和随处可见的魔物差不多，但如果是上位幼龙种，危险度就会大幅提升。

仅仅看能力值的话，它们可能与身为勇者的我不相上下，甚至比我更强。

“太安静了……”

吉斯康如此嘀咕，我默默地点头表示同意。

虽然顺利展开探索是件好事，但我们居然连一只魔物都没遇到过。

在这个被称为魔物巢窟的艾尔罗大迷宫里，这种情况显然不对劲。

再加上这种令人不寒而栗的感觉……

我小心翼翼地举着剑。

哈林斯举起盾牌，亚娜也集中精神，让自己处于随时都能使出魔法的状态。

吉斯康和霍金则对周围保持警戒。

就连哥尔夫先生也冷汗直流。

“勇者，来了。”

然后，一道声音直接在我脑海中响起。

那不是真正的声音，而是直接传进脑海中的思念。

我回头一看。

巨大的蜘蛛魔物就站在后面。

“上……上级蜘蛛怪……”

哥尔夫先生像是呻吟般喃喃自语。

上级蜘蛛怪是相当于上位幼龙种的强大魔物。

那种家伙在我眼前还有三只。

不过，我的目光穿过那些巨大的魔物，紧紧盯着后面那只体型较小的魔物。

那个白色的身躯，仿佛躲在巨大的上级蜘蛛怪身后，静静地伫立着。

“出……出现了！这家伙就是这次的讨伐对象！噩梦残渣！据说这家伙是‘迷宫噩梦’留下来的！”

迷宫噩梦——那家伙是在十多年前突然出现的魔物。

不愧是“噩梦”称号的拥有者，它的实力强悍得毫不讲理。

把人类当成蝼蚁一般轻易碾压的蜘蛛魔物，同时也是第一个让我尝到战败滋味的敌人。

据说是那个“噩梦”留下来的东西，同时身为变异种蜘蛛怪的噩梦残渣——实力超越上位幼龙种，甚至足以抵达龙种境界的魔物，就是我们这次的讨伐对象。

因为这家伙袭击了冒险者团队，让他们几乎全军覆没，所以我们才会收到讨伐它的委托。

“勇者，死吧。”

噩梦残渣的身影在一瞬间消失。

那是能让人误以为是消失不见的高速移动。

我赶紧抱住身旁的亚娜，往旁边一跳。

下一瞬间，镰刀便扫过我原本站着的地方。

在它的八只脚之中，状似镰刀的两只前脚挥了个空。

我抱着亚娜在地上翻滚，以抵消身体落地时的冲击。

然后，我利用翻滚的惯性顺势起身，就这样让亚娜重新站起来。

“亚娜，麻烦你用魔法支援我们。至于魔法攻击什么的，估计很难命中。”

“我明白了！”

以它那种速度，如果没有相当高的命中率，魔法攻击应该不可能击中。

如果是师父的话，应该有办法击中，但要求亚娜办到同样的事就太过严苛了。

毕竟那个人在各方面都异于常人。

在我下达指示的同时，同伴们开始行动，三只上级蜘蛛怪也像是要回应他们一样行动起来。

上级蜘蛛怪是平均能力值接近两千左右的强大魔物。

不过，这里最危险的魔物绝对是率领它们的噩梦残渣。

“我来想办法对付上级蜘蛛怪！麻烦你们在这期间拖住噩梦残渣！”

我一边下达指示，一边冲向逼近我们的上级蜘蛛怪。

吉斯康向噩梦残渣掷出了锁镰。

噩梦残渣垂直跳起来，避开了这一击。

然后它顺势跳到天花板，头下脚上地趴在上面。

霍金立刻掷出飞刀，但噩梦残渣在天花板上迅速移动，他无法锁定目标。

结果飞刀被天花板的岩壁弹开，只发出空虚的声响。

“即使在天花板上爬，它的速度也丝毫没有减慢啊……”

霍金的语气有些慌张，这也是无可奈何。

看来我只能尽快解决掉上级蜘蛛怪，回去与他们会合。

我在剑中灌注圣光。

与准备挺身而上的我不同，上级蜘蛛怪试图吐出蜘蛛丝将我拦下。

不过，闪耀着光芒的剑将那些丝全数斩断消灭。

即使是蜘蛛形魔物最厉害的武器——蜘蛛丝，也无法捆住我的圣光。

我就这样砍向最前面的上级蜘蛛怪。

虽然上级蜘蛛怪举起前脚防御，但最后连前脚都和头部一起被劈成了两半。

上级蜘蛛怪一边流出体液，一边倒下。

第二只上级蜘蛛怪跳过同伴的庞大身躯，向我扑了过来。

我用事先准备好的魔法将它击落。

圣光球——在空中飘浮的小球将上级蜘蛛怪的巨大身躯轰飞出去。

被轰飞的上级蜘蛛怪因为身体承受不住那股冲击力，一边破裂一边坠落。

还剩一只！

在这期间，亚娜在我们身上施加了魔法。

除了各种提升能力值的魔法之外，还有提升毒抗性的魔法。

在对付蜘蛛形魔物时，最需要提防的便是它们的毒和丝！

回头一看，从天花板上倾泻而下的蜘蛛丝正要落在同伴们的身上！

这时，吉斯康挥舞着被火焰缠绕的锁镰将丝斩断了。

蜘蛛丝怕火。如果是经验老到的吉斯康，应该不会轻易被丝缠住吧。

锁镰就这样袭向噩梦残渣的本体。

但是，在锁镰抵达天花板时，噩梦残渣的身影早已消失。

它从天花板上跳了下来，笔直地扑向吉斯康。

哈林斯冲进双方之间，用盾牌挡住噩梦残渣的突击。

噩梦残渣的镰刀和哈林斯的盾牌激烈碰撞，发出了沉闷的声响。

碰撞的冲击力让哈林斯退了一步，而噩梦残渣则是主动跳向后方，拉开距离。

霍金随即用短刀砍了过去。

噩梦残渣在千钧一发之际避开霍金的短刀，准备再次退向后方。

一进一退的攻防战在短时间内反复上演。

我不过是在短短的一瞬间偷瞄了一下同伴们的战况——

上级蜘蛛怪就抓住这一瞬间的机会发动了攻击。

带有猛毒的巨大牙齿向我逼近。

太天真了。

上级蜘蛛怪的牙齿被我眼前的光壁挡下。

这是光魔法中的“光壁”。

这种魔法能展开薄薄的防壁，原本只能挡住类似弓箭或者威力较低的攻击。

但如果有我这般强大的能力值，这道防壁就会变厚。

又一个圣光球在停下动作的上级蜘蛛怪身上炸裂。

我迅速转身。

噩梦残渣没有看着我。

我认为这是个好机会，于是对着它的后背砍了过去。

噩梦残渣仿佛背后长着眼睛一样，轻易地避开了这一剑。

不过，这也在我的预料之中。

我朝着跳向后方的噩梦残渣使出光魔法。

光魔法和雷魔法一样，它们的攻击速度是最快的。

即使噩梦残渣的移动速度再快，也无法完全避开。

虽然我确信魔法会击中目标，结果居然是被敌人挡下了。

噩梦残渣使出的黑暗魔法抵消了攻击。

“什么！”

我忍不住惊呼。

“敌人会使用魔法”这件事本身并不值得惊讶。

早在它说出人话时，我就知道它具有相当高的智力。

因此，即使它会使用魔法也不是什么不可思议的事。

但没想到的是，它竟有办法抵消我这个勇者的攻击，而且那还是在情急之下使出的魔法。

看来，这家伙的能力值不会输给上位幼龙种，搞不好它和更强大的龙种是一个级别的。

我开始冒冷汗。

噩梦残渣避开了霍金的飞刀，但吉斯康那把缠绕着火焰的剑早已在它闪躲的位置等着它。

吉斯康会根据战况选用不同的武器。

虽然他平时经常使用威力惊人的大斧，但这次为了应付移动速度快的对手而选择了剑。

可噩梦残渣还是避开了吉斯康的剑，还在双方擦身而过时用镰刀划伤了他的身体。

“呜呜……”

在发出短促呻吟声的同时，吉斯康当场跪了下来。

哈林斯挡在准备转身追击的噩梦残渣面前。

“亚娜！”

“我知道！”

听到哈林斯的叫声，亚娜如此回答。

她立刻冲到吉斯康身旁，用魔法进行治疗。

我看准哈林斯挡下噩梦残渣攻击的那一瞬间，再次使出光魔法。

但这一次，它甚至不需要抵消魔法，直接就看穿了我的行动，避开了攻击。

不过，这也在我的预料之中。

我向着噩梦残渣闪躲的地方使出了另一发在同一时间准备好的魔法。

那就是等级10的光魔法——“光界”。

如果遇到行动敏捷的敌人，只要施展无处可逃的范围攻击就行了。

“光界”是用光芒覆盖大范围的地区，同时对敌人造成伤害的范围魔法。

即使是噩梦残渣，若是无处可逃，自然也无从闪躲。

尽管如此，如果那家伙完全发挥出自己的顶级速度，那它依旧有可能逃离光界的攻击范围。

因此，我才会故意先施展其他魔法逼它闪躲，然后趁着它立足未稳时使用这种魔法。

我的计划成功了，噩梦残渣消失在光芒之中。

攻击确实有效果。

然而，一阵毒雾穿出了光芒向我袭来——那是一种毒魔法。

在被光芒灼烧身体的同时，噩梦残渣也使出了毒雾来反击。

“呜呃！”

疼痛袭向全身上下。

我也知道自己的HP正迅速减少。

这种毒的威力也未免太强了。亚娜的魔法明明已经提高我的毒抗性了啊……

“尤利乌斯先生！”

身体突然轻松了许多。帮我治疗的人不是亚娜，而是哥尔夫先生。

“虽然只能做到这点小事，但我最擅长解毒了，放心交给我吧。”

看来是哥尔夫先生用解毒魔法救了我。真是太感激了。

我转回视线，看到噩梦残渣正从光芒中爬出来。

它确实受伤了，但还远远不到致命的程度。

而且，它的伤势还在慢慢恢复，是“HP自动恢复”吗？还是恢复魔法的效果？

不管是什么，看来都不好对付。

“真是的……不但攻击难以命中，而且还这么耐打。这还真是让人气馁啊。”

哈林斯随口说笑，我则微笑以对。

事实上，情况并不允许我们开玩笑。哈林斯就是明白这一点才会开个小玩笑，努力不让气氛变差。

既然光魔法中最强力的范围攻击都没办法解决这家伙，那我只能使出威力更强的魔法了。

威力比“光界”更强的魔法确实存在。

在我能使用的魔法之中，如果是威力最强的魔法，那就要数等级7的圣光魔法——“圣光线”。

只不过，虽然这种魔法有着强大的威力，可攻击范围却是一条直线。

不晓得能不能顺利击中目标……

不，我不是一个人在战斗。

我的同伴一定能让那家伙露出破绽。

就在我相信可靠的同伴，准备施展魔法时，我突然发现了异常状况。

噩梦残渣看起来有些不太对劲。

它在畏惧着什么吗？

不管怎么样，这毫无疑问是个机会。

吉斯康立刻用锁镰束缚住身体僵硬、一动不动的噩梦残渣。

噩梦残渣这才回过神来开始挣扎，企图逃离锁镰的拘束。

霍金的飞刀在这时刺进它的体内。

那是附带麻痹效果的小刀。

噩梦残渣的身体一阵痉挛，然后便停下了动作。

趁着这个机会，我使出了准备完毕的“圣光线”……

“大家辛苦了。”

哥尔夫先生慰劳的话语听起来有些模糊。

即使环视周围，也看不到除了我们之外的其他身影。

到底是什么东西让噩梦残渣停住不动？

如果没有那东西的帮助，战败的一方说不定就是我们了。

“尤利乌斯，也许你还把那件事放在心上，但我们赢了，现在只需要知道这个事实就足够了。”

我点头同意哈林斯的话。

没错，想不通的事情再怎么想也想不通。

为什么噩梦残渣会袭击身为勇者的我？

为什么那家伙会停下动作？

为什么我明明取胜了，却还是感到如此不安？

正因为厘不出头绪，所以再怎么在意也毫无意义。

不管未来会遇到什么样的敌人，不管会发生什么样的事情，我都只能以勇者的身份继续战斗下去。

“总之，这样任务就结束了。”

“嗯，我们赶快离开这种鬼地方吧。”

“啊，你背后有蜘蛛。”

“咦！在……在哪里？”

“抱歉，我看错了。”

被哈林斯捉弄的亚娜鼓起腮帮子。

吉斯康受不了地看着他们，霍金则一脸苦笑地在一旁守候。

这是我熟悉的画面。

嗯，虽然心中有所挂念，但这样就行了。

这样就不会有人再被噩梦残渣袭击了。

勇者的使命，就是保护人们的安全。

既然如此，那我就应该老实地为达成使命而感到开心。

在此之后，我们顺利地离开了艾尔罗大迷宫。

☆

“请问您怎么了吗？”

“嗯？没事，只是有个家伙似乎想偷跑，我去处理了一下。”

“什么？”

“呃……没事没事。这件事与你无关，不用在意。”

“那就好……”

“比起这种事，如果你能专注于自己的工作，我会更加开心哦。”

“遵命，魔王大人。”

4　幼龙？不是鱼吗？

总有一种不好的预感啊。

因为海马也算是一种幼龙。

幼龙:据说是龙的下位种族。虽然是下位种族，但其中也有能匹敌龙种的个体。

嗯，就是龙的下位种族。

就系统而言，应该算是火幼龙吧？

既然有地龙，那应该也会有火龙才对。

该不会在这个中层就有吧？

我希望没有。

我的思路开始有些逃避现实了，不如认真想想该如何解决眼前的问题吧。

艾尔罗喷火兽　LV7

能力值　HP:461／461（绿）　　MP:223／223（蓝）

SP:218／218（黄）　　SP:451／466（红）

平均攻击能力:368　　平均防御能力:311

平均魔法能力:161　　平均抵抗能力:158

平均速度能力:155

能力值鉴定失败

艾尔罗喷火兽:栖息于艾尔罗大迷宫中层的下位幼龙种魔物。杂食性，能用那张大嘴巴吞下任何东西。

那只魔物正在岩浆里悠闲地游泳。

明明是下位幼龙种，但真要说的话，它长得更像是鲇鱼。

喷火兽这个名字也不适合它。

但是，抱怨这个世界的命名品位根本无济于事。

要数它身上的特征，也就只有那张长得和鲇鱼一模一样的大嘴巴了吧。

要是被那张嘴吞进去……不太妙，以我的体型，应该会被一口吞下。

成功鉴定出对方的能力值太重要了。

我成功鉴定出能力值的概率，大概是每三次成功一次。

在这时刚好是成功的，真是幸运。

如果连鲇鱼的准确能力值都不知道就发动攻击，实在是太危险了。

虽然中层都是些实力偏弱的魔物，但这种鲇鱼在其中算是特别强的。

如果可以的话，我不想和这家伙战斗。

然而，鲇鱼游泳的地方正好就在我要通过的路附近。

考虑到敌人以往的行动模式，它很有可能会袭击我。

嗯……该怎么办才好呢？

如果要逃跑，凭我的速度应该有办法逃掉，但要是那家伙靠着自己那高得异常的红色计量条慢慢追上来，那事情可就麻烦了。

虽说它的黄色计量条不是很长，但还是要比我多一倍。

更重要的是，我看不到它的技能。

万一鲇鱼取得了“SP消耗减缓”之类的技能，而且等级够高，我很可能无法顺利逃脱。

虽然我觉得它应该没有。

而如果真的要战斗的话，这个对手又有点太强大了。

果然还是应该选择逃跑吗？

嗯，太过勉强自己可不是好事。

虽然最近一帆风顺，但要是在这种时候得意忘形，通常都不会有好下场。

我也是会学乖的。得意忘形不是好事。

身为一只蜘蛛，就是要懂得谦卑。

既然下定决心，那就低调地展开行动吧。

要是被发现了，就立刻全速逃跑。

就在这时，我身旁的岩浆里突然冒出了另一条鲇鱼。

啊啊？

喂！不带这样的吧！

我又没有得意忘形，可为什么还是遇到危机了啊！

鲇鱼和我对上视线，在愣了一下之后，它张开了那张巨大的嘴巴。

我跳！

鲇鱼的血盆大口在我刚才站着的地方合上了。

然后，它就这样慢慢地爬上了陆地。

这家伙……在它泡在岩浆里的时候我没发现，但它居然是长着手脚的 。

不仅如此，它的全身还覆盖着和幼龙一样的鳞片。

一看就知道防御力很高。

嗯，还是快逃吧。

呃……呃！

我看向盘算好的逃跑路线，却发现刚才那只鲇鱼也爬上了陆地。

因为我刚好被它们包夹，所以根本无处可逃！

这下子该怎么办？

可恶，既然如此，就只能迅速干掉眼前的鲇鱼了！

我用毒丝缠住鲇鱼的身体。

只要使用“毒攻击”这个技能，就能让蜘蛛丝附带毒属性，这点我已经在修炼时确认过了。

虽然蜘蛛丝在这里会起火燃烧，几乎派不上用场……

但即使这样，只要能稍微在敌人身上注入一点毒素——

不出所料，蜘蛛丝马上就烧了起来。

为了确认毒的效果，我查看了一下鲇鱼的HP。

稍微减少了。看来毒还算有效。

既然如此，那我只要想办法对敌人下毒就行了。

鲇鱼张开嘴巴。

然后就这样冲了过来。

唔哇！好可怕！

但我就是故意站着不动，打算把它引诱到身边！

然后，在那张大嘴巴逼近眼前时发动“毒合成”！

在千钧一发之际，我躲开了攻击！

鲇鱼没有吞下我，反而把我合成好的蜘蛛猛毒吞进嘴里。

我的“毒攻击”在修炼时提升到了等级10，因此进化成了上位技能——“猛毒攻击”。

本来就足以葬送巨猿的蜘蛛毒也跟着进化成了蜘蛛猛毒。

在吞下蜘蛛猛毒的那一瞬间，鲇鱼的HP就以惊人的速度开始减少。

减少的速度不是普通的快。

像是要呼应能力值的变化一样，鲇鱼痛苦地在地上打滚。

哦哦……我的毒啊，你居然变得这么强了……

虽然我知道很强，但这威力连我自己都感到害怕。

对了，另一条呢？

转身一看，另一条鲇鱼似乎被同伴的惨状吓到了。

哦……哦哦……我想也是。看到同伴痛苦成这样，一般来说都会觉得情况不妙吧。

我还以为幼龙不会背对敌人，但似乎只有海马是这样。

依旧活蹦乱跳的鲇鱼就这样转身逃跑了。

真的假的……我原本还打算逃跑的……

没想到反而是对方逃走了。

这是不是表示，我可以稍微得意一下？

我好像有点厉害啊。

总之，先解决掉还在痛苦挣扎的鲇鱼吧。

我对着还在跳动的鲇鱼发动了“毒合成”。

鲇鱼只痉挛了一下就再也不动了。

经验值达到一定程度。个体——小型毒蜘蛛怪从LV6升级为LV7。

各项基础能力值上升。

取得技能熟练度等级提升加成。

熟练度达到一定程度。技能“集中LV9”升级为“集中LV10”。

满足条件。从技能“集中LV10”衍生出技能“思考加速LV1”。

熟练度达到一定程度。技能“闪避LV4”升级为“闪避LV5”。

熟练度达到一定程度。技能“生命LV7”升级为“生命LV8”。

取得技能点数。

嗯？在等级提升的同时，“集中”的等级似乎也到顶了。

我把怀有些许期待的“集中”提升到了顶级。

虽然“集中”是个朴实无华的技能，但其效果一直在看不见的地方帮助着我。

因此，我自然会对“集中”的加强版技能满怀期待。

先来鉴定一下新取得的衍生技能“思考加速”吧。

思考加速：让思考加速，延长体感时间。

好神奇的技能。

等等，这技能是不是真的有点厉害？

这种效果应该就是那个吧？

就是能让时间流动的感觉变慢，对吧？

就是那种顶尖运动选手偶尔会体验到的、目标的移动速度在眼中变慢了的现象，对吧？

这表示我能随意发动那种能力吗？

太乱来了吧？

赶快发动试试。

嗯……技能顺利地发动了。

这是什么感觉？

嗯……岩浆的流动好像变慢了一点？

还有，总觉得有些不对劲。

身上的各种感觉好像一会儿变快，一会儿变慢，有种说不出的奇妙感觉。

我试着移动身体。

总觉得身体像泡在水里一样，被一股奇妙的力量拉扯着。

还能感受到一种无法随意移动身体的焦躁感。

这就是“思考加速”的预设状态吗？

因为我最近一直烦恼着身体时常跟不上反应的速度，所以在全速移动时发动这个技能，或许会有不错的效果。

咦？这个技能似乎不消耗任何东西啊。

MP和SP一直没有减少。

也就是说，这个技能是持续发动的被动技能？

虽然可以自由开关，但一直开着也不会有什么损失。

咦，这是不是有点太厉害了？我原本还以为这个技能会消耗MP。

例如说，只能在几秒内消耗MP来发动技能什么的。

无论何时何地，发动技能都没有消耗？

这个技能是不是有点胡来？

而且用起来也没有缺点。

硬要说的话，顶多只有在习惯这种感觉之前会觉得有些不对劲。

说不定，我这是得到不得了的作弊技能了！

熟练度达到一定程度。技能“预测LV9”升级为“预测LV10”。

满足条件。技能“预测LV10”进化成技能“预知LV1”。

啊，这次轮到“预测先生”进化了。

这么一说，这个技能本来就快要满级了。

这个原本可有可无的技能，不知道进化后有没有变得稍微有用一些？

预知：提升“预测”的效果。能让使用者变得能稍微看见

未来发展的倾向。

嗯，未来发展的倾向？什么意思？

总之，先发动一次试试吧。

这个技能也顺利地发动了。

可是，好像什么都没有改变啊。

啊，不对，岩浆的流动方式有些奇怪。

怎么很多地方看起来都变得模糊不清？

不对，是看到的景象变成两层了。

这个重叠的景象就是未来发展的倾向吗？

简单来说，这个技能就是所谓的预知未来吧？

因为只是倾向，所以也无法尽信。但只要好好锻炼，这个技能说不定会很有用。

只不过，目前岩浆重叠在一起的范围还不大，看起来还不太能派上用场就是了。

奇怪？等一下，这个技能也没有任何消耗啊。

咦，难道这也是被动技能？

好厉害的技能。

没想到那个不被需要的“预测”会衍生出这种不得了的好东西。

对不起，“预测”。就算是笨小孩，但只要努力，还是能成为了不起的人呢。

熟练度达到一定程度。技能“鉴定LV8”升级为“鉴定LV9”。

笨小孩的前任代表出现啦！

“鉴定大人”，请问您这次的升级有什么变化？

赶快让我瞧瞧吧！

小型毒蜘蛛怪　LV7　姓名　无

能力值　HP：88／88（绿）　　MP：185／185（蓝）

SP：88／88（黄）　　SP：88／88（红）+612

平均攻击能力：109　　平均防御能力：108

平均魔法能力：139　　平均抵抗能力：173

平均速度能力：956

技能

“HP自动恢复LV5”	“MP恢复速度LV3”	“MP消耗减缓LV2”
“SP恢复速度LV2”	“SP消耗减缓LV3”	“破坏强化LV1”
“斩击强化LV1”	“毒强化LV3”	“气斗法LV1”
“气力附加LV2”	“猛毒攻击LV3”	“毒合成LV7”
“丝的才能LV3”	“蜘蛛丝LV9”	“斩击丝LV6”
“操丝术LV8”	“投掷LV7”	“立体机动LV4”
“命中LV8”	“闪避LV5”	“隐秘LV7”
“集中LV10”	“思考加速LV1”	“预知LV1”
“平行思考LV4”	“演算处理LV6”	“鉴定LV9”
“探知LV6”	“外道魔法LV3”	“影魔法LV2”
“毒魔法LV2”	“深渊魔法LV10”	“破坏抗性LV1”
“打击抗性LV2”	“斩击抗性LV3”	“火抗性LV1”
“黑暗抗性LV1”	“猛毒抗性LV2”	“麻痹抗性LV3”
“石化抗性LV3”	“酸抗性LV4”	“腐蚀抗性LV3”
“晕眩抗性LV2”	“恐惧抗性LV7”	“外道抗性LV3”
“疼痛无效”	“痛觉减轻LV7”	“视觉强化LV8”
“夜视LV10”	“视觉领域扩大LV2”	“听觉强化LV8”

“嗅觉强化LV7”	“味觉强化LV5”	“触觉强化LV6”
“生命LV8”	“魔量LV8”	“爆发LV8”
“持久LV8”	“刚力LV3”	“坚牢LV3”
“护法LV3”	“韦驮天LV3”	“傲慢”
“过食LV7”	“奈落”	“禁忌LV4”
“n%I=W”		

技能点数:220

称号

“恶食”	“食亲者”	“暗杀者”
“魔物杀手”	“毒术师”	“丝术师”
“无情”	“魔物屠夫”	“傲慢的支配者”

哦……哦哦！多了称号显示！

我一直想看到这个。

还有，这个出现在红色计量条旁边的数字，该不会就是“过食”所储存的体力吧？

原来我储存了这么多的体力啊……

怪不得不管过了多久，体力都不会减少。

好，现在赶快来鉴定称号吧。

在靠着“鉴定大人”的力量看到“称号”后，我迅速对其进行鉴定。

称号：满足特定条件就能取得的强化代码。取得时能得到两个技能。称号中存在着拥有特殊效果的称号，以及能提升能力值的称号。

原来称号的功用并非只是让人取得两个技能啊……

我还以为称号的功用就只有那样了。

也就是说，我已经拥有的称号说不定也有某种特殊效果，只是我没发现而已。

这让我更加期待接下来的鉴定结果了。

就是这样，赶快来鉴定吧！

恶食（注：原译为“暴食”，但因会与之后出现的称号重复，于本集改正）：取得技能“毒抗性LV1”和“腐蚀抗性LV1”。取得条件：在一定期间内大量摄取毒物或相当于毒物的食物。效果：强化肠胃功能。说明：赠与连毒物都能食用之人的称号。

嗯，没错。我在出生之后就一直在吃有毒的食物。

所以，得到“恶食”的称号也在我的意料之中。

话说，效果居然是增强肠胃功能……

不过，我经常吃有毒食物，搞不好这个效果真的很有用，只是我没发现罢了。

要是没有取得这个称号和“腐蚀抗性”，我搞不好在吃下田螺虫的那一瞬间就升天了。或许我真的受到了不少帮助呢。虽然称号名称有点那个……

食亲者：取得技能“禁忌LV1”和“外道魔法LV1”。取得条件：食用亲人。效果：无。说明：赠与食用亲人之人的称号。

效果：无。

这个称号有取得的意义吗？

不管怎么想，早在会得到带有负面效果的“禁忌”时，这个称号就应该被划分到不该取得的类型了吧？

虽然也得到了“外道魔法”，但我根本用不了，所以算不上是好处。

这个称号到目前为止只有坏处……

暗杀者:取得技能“隐秘LV1”和“影魔法LV1”。取得条件:偷袭暗杀的成功次数达到一定程度。效果:提高偷袭攻击的伤害。说明:赠与不断暗杀之人的称号。

哦哦哦，虽然取得的技能确实很有那种感觉，但效果更加符合称号给人的印象。

果然就像是忍者一样吧。

毕竟忍者也有身为暗杀者的一面，所以应该不能算错。

我是不是迟早也能空手偷袭，砍下敌人的脑袋啊？

啊，我本来就是空手，只是上面长着爪子，所以想做还是做得到的。

魔物杀手:取得技能“强力LV1”和“坚固LV1”。取得条件:击败一定数量的魔物。效果:稍微增加对魔物造成的伤害。说明:赠与击败众多魔物之人的称号。

啊，这称号果然与杀死魔物的数量有关。

虽然不晓得这里说的一定数量到底是多少，但在我得到这个称号时，确实击败了不少魔物。

效果看起来也不错，这应该算是可以取得的称号。

毒术师:取得技能“毒合成LV1”和“毒魔法LV1”。取得条件:使用一定分量的毒。效果:强化毒属性。说明:赠与用毒之人的称号。

超级有用的称号之一。

“毒合成”真是帮了大忙。

效果也很厉害呀，这简直可说是专门为我设计的称号嘛。

如果还能使用“毒魔法”，就没有什么可以挑剔的地方了。

“使用一定分量的毒”这个取得条件，不晓得与毒的强度有没有关系？

若真是这样，那我的毒应该算是剧毒——用量少却足以致命。

我明明打从出生起就一直用毒，却迟迟没有取得这个称号，搞不好就是因为这样。

丝术师：取得技能“操丝术LV1”和“斩击丝LV1”。取得条件：利用丝进行的攻击达到一定次数。效果：增加丝的攻击力。说明：赠与以丝为武器之人的称号。

超级有用的称号之二。

这是让我的主要武器蜘蛛丝得到大幅强化的称号。

虽然在这个中层没什么展现的机会就是了！

不过，不管是取得条件、效果还是说明，都能看出这是为了把丝用作攻击而存在的称号。

在我看来，黏性丝应该是主要武器。

但与其说那是攻击，不如说是一种辅助武器。

因此，我取得这个称号的时间点才会那么晚。

毕竟黏性丝根本算不上是攻击。

难道是在我开始使用蜘蛛流星锤和投网之后，这才被勉强算是攻击吗？

如果早点知道取得条件，我当初说不定就会轻松许多。

无情：取得技能“外道魔法LV1”和“外道抗性LV1”。取得条件：做出无情的行为。效果：不会有罪恶感。说明：赠与无情之人的称号。

整段说明都很随便，难道就不能说得更详细一点吗？

取得条件的部分也未免说得太过含糊了吧？

嗯……效果也很微妙。整体来说，这个称号很神秘呢。

魔物屠夫：取得技能“刚力LV1”和“坚牢LV1”。取得条件：击败一定数量的魔物。效果：增加对魔物造成的伤害。说明：赠与击败超大量魔物之人的称号。

嗯。这完全就是魔物杀手的上位称号。

只要在获得“魔物杀手”之后继续击败更多的魔物，估计就能取得这个称号了吧。

从效果和说明上来看，感觉就是这样。

傲慢的支配者：取得技能“深渊魔法LV10”和“奈落”。取得条件：取得“傲慢”。效果：提升MP、魔法、抵抗等能力，增加精神系技能的熟练度获取效率，取得支配者阶级特权。说明：赠与支配傲慢之人的称号。

等等。给我等一下。

这是什么夸张的效果？

我的能力值之所以会突然暴增，就是因为你这家伙吗？

还有，不光是这样，居然还能增加熟练度获取效率！

“傲慢”本身的效果就已经会增加熟练度获取效率了呀！

难怪“预测”之类的技能会升级得这么快！

话说，支配者阶级特权是什么？

支配者阶级特权：赋予支配者管理世界的一部分权限。

咦，什么意思？我也能拥有这种权限吗？

已接受傲慢的支配者行使特权的要求。目前没有傲慢的支配者所能行使的权限。

居然没有！

真是的……这称号到底是怎么回事？

“傲慢”技能真是谜团重重。

算了，至少我搞懂了许多和称号有关的事情了。

“鉴定大人”果然可靠。

从“鉴定大人”的成果那里得到了心灵满足后，我开始享用凉掉的鲇鱼。

中层魔物最大的麻烦之处，就是都得像这样摆放一段时间才能吃。

但就算摆放了一段时间，也只有表面会凉下来，里面还是热乎乎的。

如果一个不注意就会扣除HP，所以吃的时候要很小心，这实在有点讨厌。

啊，鲇鱼真好吃啊。

真的假的！

在这段不算长的蜘蛛生涯中，我还是头一次遇到觉得好吃的食物！

唉，不该放过另一条鲇鱼的。

等等，如果我现在去追，能追得上吗？

那家伙的移动速度相当慢，即使现在才去追，好像也还来得及。

不过，要是它逃进岩浆里，那我就束手无策了。

可恶，失策了。

总之，先来好好品尝这条鲇鱼吧。

熟练度达到一定程度。技能“味觉强化LV5”升级为“味觉强化LV6”。

好好吃啊。活着真是太好了。真的很好吃。

虽然比起前世吃过的东西，这根本算不上什么，但我在此之前都只能吃到难吃的东西。

我总算遇到了真心觉得美味的食物。

虽然我在前世时也并非对吃饭很讲究就是了。

当时的我是多么的幸福——我还是在变成了蜘蛛后才深有体会。

我已经吃腻了难吃的魔物了。

我想吃好吃的东西。

就这么决定了，我要狩猎鲇鱼。

即使鲇鱼有点强也无所谓。

如果是为了满足这份欲望，我愿意赌上性命。

这件事就是有这样的价值。

给我洗干净脖子等着吧，鲇鱼。我要吃到你们灭绝为止。

鲇——鱼！鲇——鱼！鲇——鱼——在——哪——里？

为了寻找鲇鱼，我在迷宫里徘徊。

然而——找不到。

不想找它的时候突然跑出来，想找它的时候却迟迟不出来。

快点出来。出来给我吃。

就是在这种时候，偏偏会遇到其他家伙。

艾尔罗喷火怪　LV8

能力值　HP：170／170（绿）　MP：161／161（蓝）

SP：158／158（黄）　SP：156／167（红）

平均攻击能力：87　平均防御能力：84

平均魔法能力：84　平均抵抗能力：81

平均速度能力：91

技能

“火幼龙LV1”　“命中LV4”　“游泳LV4”　“炎热无效”

出现在眼前的是三只海马。

在其中一只的能力值中，出现了以往没有的东西。

哦哦，我知道了！

因为“鉴定大人”的等级提升，所以连对方的技能也能看到了！

哈哈！“鉴定大人”终于有种作弊技能的感觉了！

可是海马，你的技能会不会太少了啊？才四个啊。

太可怜了吧，难怪实际打起来的时候那么弱。

而且，除了显然是火抗性封顶技能的“炎热无效”之外，其他技能的等级都很低。

总之，来鉴定一下初次见到的技能吧。

火幼龙：火幼龙种专有的特殊技能，会随着等级提升发挥出不同的特殊效果。LV1：火球攻击。

游泳：让游泳的动作变得更有效率。

嗯，如我所料，看来“火幼龙”是其种族独有的特殊技能。

就和我的蜘蛛丝一样。

如果只有等级1，它们好像只能吐出那种火球。

话说，它们的人物等级明明是8，但“火幼龙”的技能等级竟然只有1。

是因为技能等级不好提升吗？还是因为这家伙懒得赚取熟练度？

“游泳”是让游泳技术变好的技能。

嗯，看过技能之后我就确信了，我不可能输给这家伙。

既然知道这点，那我就把它们轻……应该不可能轻松解决掉吧。

毕竟这些家伙躲在岩浆里。

而我只有丢石头这样的攻击手段。

嗯……要不要把毒加在石头上看看？

我立刻试了一下，就结果而言，造成的伤害没有多大变化。

我的蜘蛛猛毒分为接触伤害与摄取伤害这两种。

接触伤害是毒素入侵皮肤等部位时所造成的伤害，而摄取伤害则是毒素入侵敌人体内时所造成的伤害。

两者相较之下，摄取伤害压倒的地高。

虽然接触伤害本身并不高，但要是放着沾在上面的毒素不管，伤害就会在一定时间之后爆发性地增加。

因为沾在上面的毒素渗透进体内了。

换句话说，接触到的毒素最后还是会进入敌人体内。

不过，要是在此之前毒素被洗掉就另当别论了。

因此，在对付没办法把毒素洗掉的魔物时，我不需要特地瞄准嘴巴，只需要把毒随便沾到对方身上的某处就行了。

虽然在急需解决掉敌人时，最好还是瞄准嘴巴或眼睛，但是在需要考虑安全问题的情况下，把毒素沾到敌人身上较无防备的地方更加好。我会视情况不同分别选用这两种策略。

因为这个缘故，我把毒沾到耗尽MP后，若无其事地爬上陆地的海马身上。以这些家伙的情况而言，因为嘴巴太小不好瞄准，所以只能把毒沾到它们身上。

鲇鱼！我好想你啊，鲇鱼！我终于找到你喽，鲇鱼！

快点献上你的肉！我现在就要！

眼前的选项只剩下巧取豪夺！我终于找到渴望已久的鲇鱼

肉啦！

那家伙在岩浆中优哉游哉地游泳。

我得先把它从岩浆里拖出来才行。

顺带一提，我还成功鉴定出了鲇鱼的技能。

它的能力值和上一只差不多。

鲇鱼拥有的技能是“火幼龙LV2”“龙鳞LV1”“命中LV7”“游泳LV6”“炎热无效”和“过食LV2”。

“火幼龙”升到等级2后所能使用的是名为“热缠”的招式，一如其名，这是能让身体被高温缠绕的招式。

我还以为那是防御系的招式，但从“鉴定大人”的说明上来看，重点应该是运动能力会在招式发动时提升。

因为身体会发热，所以如果没有火抗性，反而会弄伤自己。但鲇鱼拥有“炎热无效”，因而不会有这个问题。

“龙鳞”则是让全身长满特殊鳞片的技能。

说到这种鳞片的特殊之处，就是其拥有极高的防御力，还能在某种程度上干扰魔法施行。

所谓的干扰并非完全挡下，而是扰乱魔法的结构，使其威力减弱。

不过，反正我没办法使用魔法，只要把那当成是很坚硬的鳞片就行了。

剩下的全都是已经知道的技能。

可是我突然想到，这种鲇鱼该不会是海马的进化种吧？

毕竟它们同属火幼龙种，鲇鱼拥有的技能也都是海马的上位技能。

与海马相比，鲇鱼不过是技能等级更高，还多了“龙鳞”和“过食”两个技能罢了。

结合“种族”和“技能”这两方面来看，我觉得很有可能。

而且还验证了“进化会让外表出现巨大的变化”这一推论。

从海马进化成鲇鱼，就生物学来说反而是退化吧？

我不是很清楚，所以也无法这样断言就是了。

虽然外表差异很大，不过要是把海马那张圆圆的嘴巴使劲拉开，再把整个身体变得更加膨胀，是不是就会变成鲇鱼的模样了呢？

嗯……很微妙……

算了，这种事情不重要——

我只关心我的鲇鱼肉。

所以，我要先发制人，发动毒石攻击！

我丢出的毒石击中了鲇鱼的背部。

嗯，HP果然没怎么减少。

看来还是得跟上次一样，趁着鲇鱼冲过来时，用毒合成进行攻击。

正当我如此盘算时，鲇鱼居然在岩浆里对我吐出了火球。

真的假的……比海马吐的火球还要大，而且速度也更快。

不过，即便如此还是射不中我。我轻易地避开了飞过来的火球。

虽然“思考加速”目前只能稍微延长体感时间，但是在技能发动的状态下，感觉整个世界的时间都变慢了。

拜我那本身就快得夸张的速度所赐，即使是在这种缓缓前进的时间里，我也能比较准确地下达行动指令。

不过，要是“思考加速”的技能等级提升，这种缓慢前进的时间恐怕会变得更缓慢吧？到时候就不知道会怎么样了。

现在的感觉，差不多是把一秒延长为一点一秒吧？

因为只是体感时间，我也不晓得到底延长了多久，但大概就是这个幅度。

鲇鱼就这样吐出了第二发火球。

这家伙居然采取和海马一样的战术。

看来鲇鱼就是海马的进化种了。

难道之前那条鲇鱼只是碰巧一开始就直接爬上陆地，而它本应该采取和海马一样的战术吗？

不过鲇鱼还多了“热缠”这招，搞不好会根据情况不同改变战术。

上次可能是因为那条鲇鱼偶然探头出来，正好看到眼前有东西，于是决定先发制人。

我再次避开鲇鱼的火球。

对方的MP差不多要耗尽了，不知道鲇鱼会如何行动呢？

海马会在MP耗尽后傻傻地爬上陆地，鲇鱼又会如何呢？

要是它不主动上陆，那我可就头痛了，毕竟从之前那家伙会选择逃跑的反应来看，一旦感觉到危险，它们就有可能逃跑。

我可不允许那种事发生，我会一直追到天涯海角的。

无视我的担忧，鲇鱼放弃了吐火球。

嗯？它的MP还剩下一些。

啊，减少了。难道它使用了热缠吗？

连这种事都能知道，真是太强了。对手的情报被我摸得一清二楚，“鉴定大人”果然是作弊技能。

嗯，鲇鱼张开了那张大嘴巴。

它想干什么？

那张大大张开的嘴巴里传来了“轰轰轰”的声音。

咦，它在干什么？

它有这种技能吗？

愣在原地的我感觉到了一阵风。

这风好像被吸进鲇鱼的嘴巴里了。

你是某某行星的粉红色恶魔吗！

虽然没有这种技能，但这难道是“过食”的应用技巧？

糟糕，再这样下去，我会被吸走，然后掉进岩浆里的……才怪。

嗯，虽然音效很吓人，也真的有风卷起，但还不足以吹动我的身体。

也许是因为发现了这一点，鲇鱼停止吸气了。

然后，它就这样和我对上了视线。

这种微妙的气氛是怎么回事？

不管是莫名胆小的地方也好，还是鲇鱼特有的白痴脸也罢，这家伙该不会是中层的卖萌角色吧？

鲇鱼急急忙忙地从岩浆里爬出来，就连那动作看起来也可爱得毫无意义。

它就这样张着大嘴巴冲了过来。

啊，这样就不可爱了。可是，我就是在等待这一刻！

我在快要被吞下去的最后关头施展出“毒合成”。

同时迅速闪躲。

鲇鱼一边吞下猛毒一边笔直冲撞。

我注视着它的行动……啊，鲇鱼跌倒了。

而且还在地上不断抽搐。

蜘蛛猛毒真的很有效。

如果只是普通的毒，效果应该不会这么好。结合了我天生拥有的蜘蛛毒后，“毒合成”的威力也随之暴增。

这个技能跟我真是太搭了。

好，在痛苦挣扎的鲇鱼身上继续洒毒吧。

身体猛地抽搐了一下后，鲇鱼就毙命了。

接下来就是等待受“热缠”和岩浆影响的鲇鱼尸体凉掉，然后就能开饭啦。

虽然以前都是基于个人信念吃掉被我击败的魔物，但这次可不一样！

我能好好品尝食物了。

啊啊……这是多么美好的事情啊！

快点凉掉吧。

我现在超级期待享用这顿大餐呢。

魔物图鉴

file.07

艾尔罗喷火兽

LV.01

status【能力值】

HP 390／390

MP 150／150

SP 148／148

395／395

平均攻击能力：296

平均防御能力：256

平均魔法能力：91

平均抵抗能力：88

平均速度能力：89

skill【技能】

“火幼龙LV1” “龙鳞LV1” “命中LV6”
“游泳LV5” “过食LV1” “炎热无效”

俗称鲇鱼。外表像是长着手脚的鲇鱼。下位幼龙种，海马的进化种。它可以用那张大嘴吞下任何东西。跟海马不同，非常胆小，一旦面对有点强大的敌人就会立刻逃跑。危险度是C。

S2　魔法课

今天要上的课是魔法实践。

在课堂上学会某个程度的基础知识后，我们总算能上实际使用魔法的课了。

“接下来要把能使用魔法的法杖发给你们。为了安全起见，我们今天使用的是施加了水魔法的法杖。”

用略微有气无力的声音这么宣布后，负责讲授魔法课的欧利萨老师开始发放法杖。

聚集而来的学生争先恐后地接过法杖。

“大家都已经取得了‘魔力感知’和‘魔力操纵’了吧？没有的人可没办法上这堂课哟。没有的人请乖乖举手。”

没有“魔力感知”和“魔力操纵”的学生并不存在。

话说，欧利萨老师在之前的课程中不就教过我们了吗？

“那就开始集中魔力吧。”

我遵照欧利萨老师的指示，开始集中魔力。

“成功集中之后，就把魔力灌注到法杖上。此时，施加在法杖上的魔法会自行发动。”

咦，就这么简单？

“法杖上的魔法是水魔法等级1的‘水球’。虽然只是射出水球的简单魔法，但绝对不可以对着人发射。靶已经准备好了。”

在欧利萨老师的手指前方设置了好几个靶。

学生们开始各自对着靶使出魔法。

绝大多数人都因为魔力不够，或是魔法不够完整，导致水球在碰到靶之前就消失不见。

“在这段时间内，你们可以随意使用魔法。只要使用次数足够多，还能取得‘水魔法’技能。不过，请注意自己的魔力剩余量，如果觉得自己的魔力快用完了，就暂时停止练习。要是因此累倒了，我可不管。”

真是不负责任。

但每年应该都有学生累倒吧。

毕竟绝大多数学生都是初次使用魔法，其中还有几个因为成功使出魔法而兴奋不已的家伙。

就算有人因为兴奋过头，使用了超出自己极限的魔法也不意外。

“水魔法啊……既然都要练习，我更想练习土魔法……”

坐在我肩上的菲忍不住抱怨了一句。

因为菲是地幼龙，就相性上来说，比起水魔法，她应该更擅长土魔法。

在鉴定仪式里，我看到了自己的属性相性。

光最高，水其次。

就这点来说，这堂课对我而言很有意义。

说起来，连属性相性都能看到的鉴定石数量不多。

没办法使用那种高级鉴定石的人们就只能像现在这样，使用施加了魔法的魔道具不断发动魔法，慢慢取得技能。

这么做的目的，是通过取得那个技能的速度来了解自己对该属性的相性。

然而，这种做法的前提是必须拥有多种属性的魔道具，但有些贫穷的魔法师家族可能只拥有一种。

在那种情况下，不管相性如何，学生都只能使用那种属性的魔道具。

因为这间学校配备了所有属性的魔道具，所以无需要担心这种事。

“我不擅长水魔法，火魔法倒是很擅长……”

“真巧。我也是水魔法不行，最擅长火魔法。”

卡迪雅和由古的对话传进耳中。

虽然说自己不擅长“水魔法”，但卡迪雅的水球还是漂亮地击中了靶心。

在这群几乎连靶都碰不到的学生之中，光是能够准确地打中靶心，应该已经算是厉害了吧。

我稍微观察了一下，能够准确地把魔法射到靶上的人，就只有卡迪雅、由古和前世是长谷部的悠莉。

悠莉正专心地对着靶不断使出魔法。

像那样丝毫不歇息，不会有问题吧？虽然我有些担心，但现在的悠莉八成听不进别人的话吧。

她肯定是打算即使耗尽所有MP，也一定要取得技能。

顺带一提，冈老师不在这里。

老师时而会来上学，时而又会消失不见。

她没有告诉我们自己不来上学时都去做了什么。

还有，如果有心挑战，苏肯定也办得到，但她一直躲在我身后，完全不打算使用魔法。

“苏，你不去练习魔法吗？”

“我怎么可能会在哥哥之前先练习？我会趁着哥哥在世人面前展现出完美的魔法，并沐浴在众人憧憬的目光之中时偷偷练习。”

呃……嗯，总觉得难度一下子变得超级高。

虽然我想成为让妹妹引以为傲的哥哥，但这个愿望似乎变成了无比沉重的压力。

在我们说着这些话的期间，几位学生因为耗尽魔力而暂时停止练习，开始休息。

既然有空着的靶，那我也来试用一下魔法吧。

仔细想想，这还是我人生中第一次使用魔法。

虽然我一直有进行控制魔力的练习，但因为之前受到了安娜的制止，所以到现在还没有使用过魔法。

总觉得自己有些兴奋。

但是，妹妹从背后传来的压力让我颇感紧张……

“呼……根本没必要练习自己不擅长的魔法嘛。”

像是要泼我冷水一样，由古丢掉了手中的法杖。

“比起练习不擅长的魔法，加强自己擅长的魔法要更加有效率。”

由古提高了自己体内的魔力。他想要做什么？

下一瞬间，由古发动了魔法，而且他并没有拿着法杖。

他发动的是“火魔法”。那家伙已经取得“火魔法”技能了？

横向排成一列的靶全被火焰吞没了。

压倒性的破坏力。

那些连靶都打不中的学生应该都很清楚，那样的威力到底有多么可怕。

这是展现自己实力的绝佳时机。由古八成是看透了这一点，才会在这时展现出自己的实力，故意做出这种事情。

但他做得太过火了！

靶的位置燃起熊熊烈火。

火焰搞不好会继续延烧，在这附近引起火灾。

我将全身魔力都灌注到手上的法杖中，然后对着火焰释放。

吸收了我的魔力后，灌注在法杖中的“水魔法”立刻发动，射出水球。

直接击中火焰的水球当场爆开，变成直冲天际的水柱。

连我都不敢相信自己使出的魔法有这么强大的威力。

射出的水球像是在呼应我的魔力一般，变得相当巨大。在它炸开之后，直接变成了水柱。

火焰被那道水柱完全吞没，最后消失不见。

熟练度达到一定程度。取得技能“水魔法LV1”。

我得到“水魔法”技能了。

之所以才使用一次魔法就成功取得了技能，可能是因为我对“水魔法”的相性相当高。

若非如此，那就是发动的魔法规模太大，也可能两者皆是。

“真不愧是哥哥！居然能用等级1的‘水魔法’抵消掉等级5的‘火魔法’！”

仿佛要将我从逃避现实的状态中拉回来一样，苏故意大声称赞我。

这样啊……原来那是等级5的“火魔法”……

不对，苏，你是故意这么说的吧？你平时不会这样大声说话吧？

果不其然，被我抢走风头的由古正瞪着我。

然而，在他采取下一步行动之前，欧利萨老师已经悄悄出现在他身后。

“由古同学，我们可以谈谈吗？”

“啊，我为什么要跟你谈？”

“废话少说，给我过来。”

欧利萨老师不容分说地把由古带走了。

现场只剩下被破坏殆尽的靶，以及不知道该如何是好而只能愣在原地的学生们。

“唔哇……夏目逊毙了。”

菲的呢喃声空虚地在我耳中回荡。

我用眼角余光瞥见了卡迪雅的身影，她正忙着安抚乱哄哄的学生们。每次都麻烦你了，真是抱歉！

从这天开始，我就被由古盯上，成了他的眼中钉。

幕间　爱操心的公爵千金与妹妹

“卡迪雅，你为什么要压下哥哥出色表现所引起的骚动？”

“苏，莫非你觉得俊希望变成那种状况吗？”

“不觉得。可是……卡迪雅好奸诈。说，你和哥哥到底是什么关系？”

“什么关系……不就是朋友吗？你怎么这么问？”

“骗人。你们不是普通朋友吧？那个被称为‘老师’的精灵也是，圣女候选人和下任剑帝也是，你们到底是什么人？”

“这件事不应该从我口中告诉你。”

“什么意思？”

“你真的想从我这里听到这个问题的答案？”

“这个嘛……”

“这种事还是去问俊本人吧。”

“可是……”

“虽然让我来说明也无所谓，但你能够接受吗？”

“我能接受。”

“想从我这里得到答案不过是逃避而已，难道你对俊的心意就只有这点程度？”

“才没有那种事呢！”

“那就不要来问我，去问俊吧。这样对你，对俊来说都是好事。”

“也许你说得对……”

“你现在怀着什么样的感情，我大概都能够体会到。正因为如此，难道你不觉得应该把那份感情用在他本人身上吗？”

“我知道了，对不起。还有，谢谢你。”

“不客气。啊，顺便告诉你，我们之间确实有特殊的关系，但并没有恋爱方面的感情。这点你大可放心。”

“呜……嗯……”

“怎么了？你怎么回答得这么不干脆？”

“没什么。你好像还没有自觉，所以我不该多嘴。”

“嗯，什么？”

“为什么我要推一把说不定会成为自己情敌的家伙……”

“咦，你在说什么？”

“没什么。”

“虽然把问题全丢给俊了，但这样应该不算过分吧。毕竟这是他们兄妹之间的问题，不该把毫无关系的我卷进去。没错，这件事与我无关，与我无关……不过，明天还是跟俊说一声吧。”

5　蜘蛛VS.火幼龙

我好好地享用了鲇鱼，真是太好吃了。

“味觉强化”在此时提升到等级7。

真想吐槽自己:你这家伙到底把多少心思放在了“吃”上面啊!

可这也是没办法的事啊!

毕竟人家以前只能吃难以下咽的东西嘛!

“过食”也搭便车提升到等级8了。

虽然现在的储存量足够，但随着等级提升，能够储存的总量应该也会增加，对我来说有益无害。

快要升到10级了，我也开始在意“过食”的衍生或是进化技能。

毕竟这个技能这么方便，我自然会寄予比较高的期待。

还有一件事也让我颇为在意。

我在意的事情，就是“傲慢”这个技能。

说到傲慢，不禁让人联想到七大罪。

而在七大罪之中，还有一个名为“暴食”的罪行。

“过食”与“暴食”……不管是在字面上，还是在意义上都有相似之处。

“过食”的进化技能会不会就是“暴食”啊?

我实在没办法不这么想。

既然“傲慢”的效果那么夸张，要是“过食”进化成了“暴食”，身为同系列的技能，说不定会有不亚于“傲慢”的效果。

若果真如此，这个技能就和“傲慢”一样，令我感到不安。

算了，现在还是等级8，在意这个还太早了。

再说，提升技能等级这种事又不是我能控制的，即使在意也无济于事。

好，差不多要去寻找下一条鲇鱼了。

我——要——鲇——鱼！

为了猎捕鲇鱼，我开始在中层不断徘徊。

但我连鲇鱼的影子都找不到。

嗯……毕竟它们平时都躲在岩浆里，不会被轻易发现。

想起第一次遇到鲇鱼的时候，它就是从岩浆里跑出来的。

如果它们真的躲在岩浆里，要找到它们就相当困难了。

仔细想想，在不依靠技能的情况下，我找寻敌人的能力其实相当高。

虽然我一开始并没有意识到，但只要回想一下，就会发现这不是用“直觉准确”就能解释清楚的事。

从还在上层和下层的时候开始，我就一次都不曾遭到偷袭。只要感觉到危险，几乎每次都没有猜错。

我想，这八成是蜘蛛原本就拥有的能力。

或许是我没有注意到，其实我能从空气流动之类的细微变化中察觉到敌人的动向。

这么一想，我就明白了自己为何没能发现鲇鱼躲在身旁的岩浆之中。

如果我是通过空气流动来感知敌人位置的话，一旦敌人躲在岩浆里，我自然就感知不到。

因此，我可能也没办法察觉到来自水中或土里的偷袭。

这么看来，岩浆附近到处都藏着危险。

要是敌人突然扑过来，就这样把我拖进岩浆里，那我不是必死无疑吗？

不过，就算不至于这么惨，贸然靠近岩浆也十分危险，所以我还是尽量保持距离吧。

看来以后得随时提防魔物突然从岩浆里蹦出来了。

就像现在这样——

从岩浆里跳出来的魔物，一言以蔽之就是……鳗鱼？

嗯，那魔物就像是长着手脚的鳗鱼。

艾尔罗喷火幼龙　LV2

能力值　HP：1001／1001（绿）　MP：511／511（蓝）

SP：899／899（黄）　SP：971／971（红）+57

平均攻击能力：893　平均防御能力：821

平均魔法能力：454　平均抵抗能力：433

平均速度能力：582

技能

“火幼龙LV4”　“龙鳞LV5”　“火强化LV1”　“命中LV10”

“闪避LV1”　“概率补正LV1”“快速游泳LV2”“炎热无效”

“生命LV3”　“爆发LV1”　“持久LV3”　“强力LV1”

“坚固LV1”　“过食LV5”

糟糕。这条鳗鱼强得一塌糊涂。

艾尔罗喷火幼龙：栖息于艾尔罗大迷宫中层的中位幼龙种魔物。虽然是杂食性魔物，但有着喜欢猎食其他魔物的习性。

这个强度还只是中位啊……

话说，从这个技能组合来看，难道鳗鱼是鲇鱼的进化种吗？

不，现在可不是在意这种事的时候。

我和鳗鱼之间的距离差不多有十五米。

对方已经发现，并且盯上了我。

虽然我的速度比较快，但其他能力值的差距则让人感受到了绝望。

最糟糕的一点是，即使加上“过食”所储存的体力，我还是在总和体力的红色计量条上输给了它。

就算我选择逃跑，也很可能因为耗尽体力而被追上。

要是对方会提前放弃追赶就好了……

即使排除这个因素，我的黄色计量条也不够长，不足以维持长时间的高速奔跑。

在最糟糕的情况下，当代表爆发力的黄色计量条见底时，我可能就会因为喘不过气而被抓住。

我能顺利逃脱吗？

当我如此盘算时，鳗鱼的身影变成了两个。

这是“预知”发动的现象。

然后，我还看到了那条多出来的鳗鱼做出了要吐出某种东西的动作。

下一瞬间，鳗鱼和残影的举动重合，吐出了火球。

看来，它们的基本战术都是一样的。

但那个火球的体积更大，速度更快。海马和鲇鱼的火球根本无法与之相提并论！

我赶紧闪躲。

虽然“思考加速”已经发挥了作用，但火球飞过来的时候，我一点都感受不到技能的效果。

火球命中了我原本站着的地方，爆炸开来。

即使借助“预知”和“思考加速”的能力，我也只能勉强躲开。

我原本还以为能躲得更加轻松……这到底是怎么回事？

概率补正：能强化与概率有关的技能的效果。

是因为这个技能吗？说不定是这个技能提升了敌人的攻击命中率。

这么看来，即使是我那出色的回避能力，想一直成功闪躲或许也很困难。

看来情况真的不太妙。

我再次避开鳗鱼吐出的火球。

这个火球飞向了我闪避的地方。

现在可不是讨论能不能逃脱的时候！

爆炸的余波稍微削减了我的HP。

如果全速闪躲，我虽然不至于躲不掉攻击，但黄色计量条的减少速度会很快。

要是一直维持这个状态，黄色计量条会在转眼之间就见底，让我喘不过气来。

要是真的变成了那样，我就完蛋了。

我靠着“预知”和“思考加速”的效果来预测火球轨道，打算先一步进行闪躲。

然而鳗鱼也看穿了我的心思，立刻调整攻击轨道。

究竟谁能猜到对手的下一步行动？这场心理战可谓充满了紧张感。

不过，鳗鱼即使没猜对也不会有多大问题，可我这边只要猜错一次，就会丢掉小命。我和鳗鱼之间的对决极度不平等。

熟练度达到一定程度。技能“思考加速LV1”升级为“思

考加速LV2”。

熟练度达到一定程度。技能“预知LV1”升级为“预知LV2”。

居然在这个时间点提升技能等级，实在太走运了。

飞过来的火球感觉稍微变慢了。

但是，因为我的行动速度在体感上也变慢了，所以必须多加小心。

我避开火球。

结果，鳗鱼做出了我从未在“预知”里见过的动作。

虽然那毫无疑问是要吐火的动作，但预备动作比以往要来得夸张。

我开始毫无保留地极速狂奔——

周围的景色仿佛被抛下了一般。

猛烈的火焰烧尽了我身后的一切。

火焰吐息：吐出能让大范围区域陷入燃烧状态的火焰吐息。

那是“火幼龙”的技能等级提升到4时所能使用的招式。

虽然没有被直接击中，但吐息带来的余热也让我背部发烫。

HP在慢慢减少。

这样下去情况只会越来越糟，只要被直接射中一次，我就得和这个世界说再见了。

不仅如此，我还找不到有效的解决对策。

现在只能像这样继续闪躲，等待机会到来。

我感受到了仿佛寿命正在慢慢缩短般的焦躁感。

火球再次飞过来。

因为鳗鱼等级10的“命中”，以及“概率补正”这两个技能的影响，它吐出的每个火球所瞄准的位置都精准无比。

要是我没有“闪避”“思考加速”和“预知”这三个技能，天晓得我有没有办法完全避开攻击。

熟练度达到一定程度。技能“闪避LV5”升级为“闪避LV6”。

太好了！虽然并不足以颠覆战局，但现在哪怕是一点点的正面影响，我都十分需要。

我一边闪躲火球，一边确认鳗鱼的剩余MP。

虽然已经用掉了不少，但还剩下一半有多。

火焰吐息真不愧是大范围的攻击，所消耗的MP要比火球多不少。

如果那种攻击无法连发的话当然最好，但如果可以连发，我希望它能学会保留一下自己的实力。

毕竟“预知”不见得会有效果，要是没效果，我没有自信能全身而退。

我必须看清楚鳗鱼的动向。

正当我如此盘算时，“预知”捕捉到了鳗鱼使用火焰吐息的身影。

我再次全速奔驰。

不过，鳗鱼这次并没有笔直地吐出火焰，而是甩头让火焰变成了横扫！

火焰吐息的攻击范围本来就已经很大了，这么一来，攻击范围变得更大了。

呜！稍微被火焰扫到了。

明明只是被轻轻扫到一下，HP却扣了10点。

被扫到的地方是背部和一条后腿。

虽然后腿有点痛，但移动暂时不成问题。

话虽如此，但我的速度可能会因此下降。这可就不妙了。

熟练度达到一定程度。技能“火抗性LV1”升级为“火抗性LV2”。

好不容易，“火抗性”总算升级了。

来得正好。

只要“火抗性”提升，“自动恢复”的效果应该就会超过地形所造成的伤害。

虽然恢复量微不足道，但有和没有还是有着天壤之别。

我看向鳗鱼的MP。

很好，低于一半了。

吐火球大概要消耗10点MP，而火焰吐息则差不多是50。

虽说低于一半，但只要鳗鱼有那个意思，还是能再次使出四次火焰吐息。

那可不是什么好玩的事。

我试着拉开与鳗鱼之间的距离。

但鳗鱼并不想让我如愿以偿，一边吐着火球一边追了上来。

计划成功。

我的猜测并没有错，它确实没办法一边移动，一边使出那种火焰吐息。

接下来就是能跑多远跑多远，让它继续吐火球，直到MP耗尽为止。

只要撑过这关，接下来就有机会了……应该吧。

反正现在只管闪躲就对了。

我努力地向后方撤退，但闪躲依旧是最优先的事。

为了避免被逼到岩浆旁边，我谨慎地选择逃跑路径。

只要走错一步就会没命。

就像在钢丝上行走一样。

熟练度达到一定程度。技能“HP自动恢复LV5”升级为“HP自动恢复LV6”。

很好!

因为在实战时必须提高专注度，所以技能等级的提升速度也会变快。

和“火抗性”一样，我一直苦苦等待升级的技能在这个时间点升级了。

不过是一瞬间的松懈，然而这一瞬间便足以致命。

鳗鱼摆出了吐息的动作。

这完全在我的预料之外,“预知”也没有提到这个动作。

看来是躲不过了。

鳗鱼口中喷出了火焰吐息。

我在下一瞬间使劲往地面一蹬，跳到了空中。

火焰吐息掠过我的脚。

我忍耐着疼痛，把经过“气力附加”强化过的蜘蛛丝射向天花板。

“气力附加”是通过消耗红色SP，让物体得到强化的技能。

只要使用了这个技能，我所产出的蜘蛛丝就能在短时间内承受住中层的热量。

虽然经过了加强，但耐热蜘蛛丝并不能坚持多少时间，于是我赶紧将丝抽回，在天花板上倒立。

除此之外，我还需要在蜘蛛丝烧起来之前将其切断。

熟练度达到一定程度。技能“立体机动LV4”升级为“立体机动LV5”。

我在天花板上俯视鳗鱼。

鳗鱼在岩浆里仰望我。

虽然成功逃到天花板上是好事，但现在的状况不容乐观。

如果要在天花板上爬，那我的行动速度肯定会比在地上时要慢。

在地上闪躲攻击都已经那么勉强了，我根本不可能在天花板上连续躲避鳗鱼的攻击。

如果不快点回到地上，在这种地方受到狙击就完蛋了。

话虽如此，鳗鱼的状况也很难说是游刃有余。

它的MP已经不剩多少了。

如果从剩余量来换算的话，它还能使出三次火焰吐息，火球则是十六次。

虽然确实不能算游刃有余……

但它仍然有将天花板上的我击落的余力。

胜负在于是我先回到地上，还是鳗鱼先将我击落。

现在可不是保留实力的时候。

“气斗法”，发动！

“气斗法”是通过消耗红色SP，暂时提升物理系能力值的技能。

红色体力对我而言至关重要，如果可以，我不希望随便消耗掉，所以我至今为止一直都没发动过这招。不过在这种紧要关头，也由不得我去坚持原则。

我立刻开始移动，目标是距离这里最近的墙壁。

鳗鱼似乎也看穿了我的意图。

为了妨碍我行动，它吐出了火球。

在这样的状态下，我很难进行闪躲。

现在不是在意黄色计量条的时候了。

我全速闪躲逼近而来的火球。

看来只能用“气斗法”提升能力值，依靠“SP消耗减缓”和“SP恢复速度”的效果硬干了。

在黄色计量条耗尽之前，我无论如何都得躲到墙边。

在此期间，我又一次勉强闪过逼近的火球。

因为鳗鱼的干扰，我迟迟无法抵达墙边。

黄色计量条正逐渐减少。

这可不妙！要是黄色计量条耗尽，我连在天花板上爬都会变得很困难。

唯独这种情况，我无论如何都得避免。

虽然这么想，但火球所狙击的位置都太过巧妙，让我无法按照自己的想法前进。

而且黄色计量条也终于见底了。

疲倦感一下子袭向身体，火球也毫不留情地向我逼近。

呜！我自知无法回避，主动从天花板上跳到空中。

火球在极近的距离下炸开，爆炸的气浪掀翻了我的身躯。

我好不容易才控制住差点在空中翻滚的身体，同时射出带有“气力附加”效果的蜘蛛丝。

蜘蛛丝粘到墙上之后，我立刻将丝抽回。

又一个火球飞过我上一秒的所在之处。

我的身体像钟摆一样摇摆起来，但最终还是有惊无险地着地，而不是掉进岩浆里。

火球再次毫不留情地飞了过来。

我在着地的同时顺势翻滚，成功避开火球。

好难受。在耗尽黄色计量条的情况下继续行动，其代价就是令我几乎喘不过气来。不仅如此，我还感受到袭向全身的疲悆感和疼痛。

我只能依靠“疼痛无效”和“痛觉减轻”的效果，强忍着这些感觉。

这时，鳗鱼正准备再次使出火焰吐息。

我鞭策不断颤抖的身体，继续全速奔驰。

视野的角落被火焰染成赤红，热量也从背后传来。

我像是要甩掉这一切般全速奔跑。

然后，我成功避开了火焰吐息。

熟练度达到一定程度。技能“闪避LV6”升级为“闪避LV7”。

成功躲过火焰吐息后，我吐出堆积在体内的空气。

黄色计量条开始恢复。

火球也不再飞过来了。

看来，鳗鱼的MP终于耗尽了。

鳗鱼失去了远距离攻击手段，只好以滑行般的动作来到陆地上。

它全身上下只有脸长得像鳗鱼。

在我眼前的家伙，是一条有着细长身躯、类似东方龙的幼龙种魔物。

即使耗尽MP，它的双眼也依然紧盯着我。

看来，它是完全把我认定为敌人了。

起初，它可能只是觉得我有些碍眼，所以想把我除掉。然而随着战斗的白热化，那些火球攻击也散发出了认真的杀气。

在使出火焰吐息后，它已经完全进入了认真模式。

看来我接连躲开攻击，似乎惹得它不太高兴。

即使就这样转身逃跑，我也不认为它会放过我。

虽说MP已经耗尽，但它的SP还有很多。

与之相比，我的SP已经消耗了不少。

作为耗尽黄色计量条之后继续行动的代价，就是让红色计量条也减少到令人无法忽视的程度。

因为还有“过食”额外储存的体力，我还不至于立刻无法行动。但要是继续和鳗鱼较量体力，输的一方毫无疑问是我。

我无法逃跑。

既然如此，那就只剩下一个选择了。我只能想办法打赢这一仗。

如果只看能力值的话，我毫无胜算。

不过，数值并不是一切。

只要实际战斗过，即使不情愿也不得不承认——在这个世界里，技能才是最重要的东西。

再说，在双方能力值差距如此之大的情况下，我还能活着本来就是个奇迹。

而引发这个奇迹的根源，毫无疑问就是技能的恩惠。

正因为我将技能的力量发挥到最大限度，填补了能力值上的差距，才能像这样成功地把鳗鱼拖到条件对等的战场上。

虽然能力值的差距确实很大，但也并非绝对无法填补。

只要能够好好利用技能，这其中的差距是可以填补的。

不仅如此，我还对鳗鱼拥有的一切技能了如指掌。

在耗尽MP的现在，我应该提防的是“命中”“闪避”和“概率补正”这三个技能的组合技。

还有“龙鳞”为其带来的防御力，以及“火幼龙LV3”的最后绝招。

最后，就是那个巨大身躯所拥有的物理攻击力和防御力。

光从这几点来看，它是个不得了的强敌。

但我手上也还有王牌，那就是我最强的攻击手段——猛毒攻击。

在这种攻击面前，对方的防御力就和没有一样。

那是能够穿透鳞片，直接侵蚀敌人身体的猛毒。

结果到最后，我能依靠的东西还是只有技能。

唯一能帮助我能战胜对手的东西，就只有技能。

不过，那也仅仅代表我有机会赢下战斗而已。

双方的防御力都形同虚设。

这是一场只要能命中，就能获胜的决斗，可谓是一击必杀。

既然如此，那决定胜负的关键就是……

于是，在地上的第二回合战斗静静地开始了。

鳗鱼扭动着细长的身躯。

经过前面的攻防战后，鳗鱼似乎对我相当警戒。

虽然还不到猿猴那种程度，但这条鳗鱼比其他魔物要聪明得多。

这表示要对付我的难度就是这么高。

熟练度达到一定程度。技能“思考加速LV2”升级为“思考加速LV3”。

熟练度达到一定程度。技能“预知LV2”升级为“预知LV3”。

仿佛要配合这道天之声（暂定）一般，鳗鱼展开行动了。

它扭动身躯，用那条尾巴拍了过来。

我当然躲开了，但鳗鱼的攻击还不只这样。

它立刻用尾巴接上横扫，再次对我发动攻击。

我继续向后方撤退，避开这一击。

这次，它像是要跟尾巴换位置一样，把头转了过来。

我就是在等待这一刻。

在因为“思考加速”而变得略为缓慢的世界中，我凝视着逼近而来的鳗鱼嘴巴。

在还勉强来得及闪躲的最后一刻，我发动了“毒合成”。

然后在千钧一发之际大退一步。

虽然和对付鲇鱼的时候如出一辙，但效果依旧超群。

不出所料，鳗鱼把猛毒吞进了肚子里。

鳗鱼的HP开始迅速减少。

它在痛苦地挣扎，身体不停地向周围胡乱地攻击。

但这时，我早就远离了它的攻击范围。

既然双方都拥有一击必杀的攻击力，那先命中敌人的一方自然会获胜。

因此，对于在攻击命中上较为出色的一方来说，赢下战斗是理所当然的。

更进一步的解释，就是我的回避率比鳗鱼的命中率要高。

即使它拥有等级10的“命中”和“概率补正”，也还是无法胜过我的“闪避”“思考加速”和“预知”。

因此，早在鳗鱼主动上陆时，我的胜算就大幅增加了。

不过，事情还没有结束。

虽说那一招具有极强大的威力，但恐怕还不足以杀死鳗鱼。

毕竟连鲇鱼都无法只用一招就彻底杀死，我不认为身为其上位种的鳗鱼会就这样死掉。

再说鳗鱼还有那个技能——

我眼睁睁地看着鳗鱼的HP迅速恢复。

生命变迁：能通过消耗SP来恢复HP。

这是“火幼龙”技能达到等级3后就能使用的招式。

只要消耗SP，就能恢复相应分量的HP。

根据SP计量条来推测，想完全恢复HP是不可能的事，但至少能在“猛毒”的攻击下保住小命。

此外，我还在鳗鱼的鉴定结果中看到了新增的“毒抗性LV1”和“HP自动恢复LV1”。

虽然“猛毒”依旧在慢慢削减鳗鱼的HP，但持续伤害的巅峰期已经过去了。

当然，我不可能傻傻地看着鳗鱼复活。

我尽我所能地做出了最强韧的蜘蛛丝，并使其紧紧缠住鳗鱼的身体。

虽然蜘蛛丝很快就会烧起来，但无所谓。

只要有一瞬间能停下鳗鱼的动作就行了。

计划很成功，鳗鱼确实停下了动作。

就在那一瞬间，我对着鳗鱼的脸连续发动“毒合成”。

几个带有剧毒的水球就这样砸到了鳗鱼的脸上。

鳗鱼激烈挣扎，甚至连蜘蛛丝都给扯断了。

但毒素从嘴巴和眼睛处入侵，毫不留情地削减着鳗鱼的HP。

这种程度的伤害绝非刚取得的“HP自动恢复”所能应付的。

“毒合成”的威力也不是“毒抗性LV1”所能抗衡的。

我在这段变成蜘蛛的时间里苦心钻研出来的武器，才不会被这种临时做出来的盾牌挡下。

最终，鳗鱼连用来恢复HP的SP都给耗光了，并在剧毒的攻击下断了气。

经验值达到一定程度。个体——小型毒蜘蛛怪从LV7升级为LV8。

各项基础能力值上升。

取得技能熟练度等级提升加成。

熟练度达到一定程度。技能“平行思考LV4”升级为“平行思考LV5”。

熟练度达到一定程度。技能“SP恢复速度LV2”升级为“SP恢复速度LV3”。

取得技能点数。

经验值达到一定程度。个体——小型毒蜘蛛怪从LV8升级为LV9。

各项基础能力值上升。

取得技能熟练度等级提升加成。

熟练度达到一定程度。技能“爆发LV8”升级为“爆发LV9”。

熟练度达到一定程度。技能“持久LV8”升级为“持久LV9”。

取得技能点数。

经验值达到一定程度。个体——小型毒蜘蛛怪从LV9升级为LV10。

各项基础能力值上升。

取得技能熟练度等级提升加成。

熟练度达到一定程度。技能“演算处理LV6”升级为“演算处理LV7”。

熟练度达到一定程度。技能“视觉强化LV8”升级为“视觉强化LV9”。

熟练度达到一定程度。技能“生命LV8”升级为“生命LV9”。

取得技能点数。

满足条件。个体——小型毒蜘蛛怪可以进化了。

有两种能够进化的上级种族。请从下列种族中选择一种。

·毒蜘蛛怪

·死神之镰

哦哦，是进化啊。

进化？太快了吧！虽然击败猿猴大军的时候也有过这样的经历，但这次实在太快了吧！

算了！进化的事情等之后再说吧。

我现在只想好好感受这份感动。

我赢啦！

呀呼！我赢啦！我战胜了那么厉害的鳗鱼！

我是不是有点强？我简直就是强得不得了，对吧！

嘿……嘿嘿嘿……

我还几乎没怎么用过蜘蛛丝，是在正面对决中战胜了它！

现在没人会说我弱了吧？我超强的！

呀呼！

鳗鱼是个强敌，它确实是个强敌，这是一场艰难的战斗。

不过，获胜者是我！

请你们叫我第一名！嘿嘿嘿嘿嘿……

赢了！第三部完！骗你的啦！

魔物图鉴

file.08 艾尔罗喷火幼龙

LV.01

status【能力值】

HP
980／980

MP
490／490

SP
880／880

950／950

平均攻击能力：881
平均防御能力：809
平均魔法能力：444
平均抵抗能力：421
平均速度能力：573

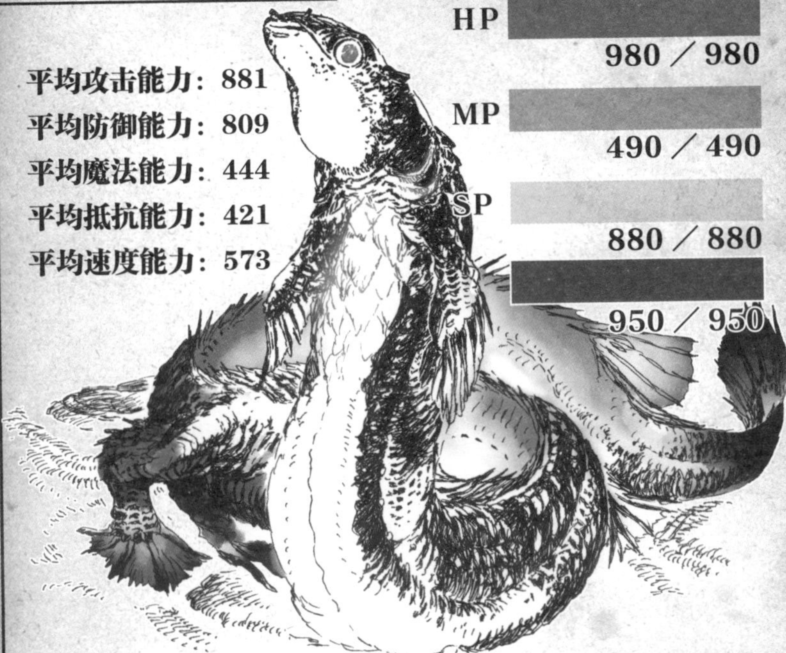

skill【技能】

“火幼龙LV4” “龙鳞LV5” “火强化LV1”
“命中LV10” “闪避LV1” “概率补正LV1”
“快速游泳LV2” “过食LV5” “炎热无效”
“生命LV3” “爆发LV1” “持久LV3”
“强力LV1” “坚固LV1”

俗称鳗鱼。外表像是长着手脚的鳗鱼。中位幼龙种。鲶鱼的进化种。能使出下位幼龙种无法比拟的强力火球攻击。物理攻击力和防御力都很高，总而言之就是很强。它还拥有能判断状况形势的思考能力。虽然不像鲶鱼那般胆小，但遇到比自己强的敌人时也会撤退。危险度是B。

S3　菲的养育日记

我也是时候帮菲提升等级了，毕竟菲是地龙的幼年体。

她身为魔物，如果不提升人物等级完成进化，就会在幼年体的状态下死去。

为了进化，必须让她击败魔物提升等级。

菲即将面临再不进化就会有危险的时期。

可我现在没办法离开学校。

因此，我拜托侍女安娜，请她帮忙提升菲的人物等级。

“那么，我们出发了。”

安娜抱着菲离开了学校。

虽然她只带着几名看似士兵的男子，但应该没有问题。

安娜是半精灵，实际年龄与外表并不相符。在王国之中，她身为魔法师的实力也是数一数二的。

她肯定会带着顺利完成进化的菲回来。

顺带一提，安娜并不晓得菲是转生者。

她应该只是把菲看成是稍微聪明一点的地龙幼体而已。

知道菲是转生者的人，只有包括我在内的转生者们。

连苏都不知道这件事。

虽然菲看上去跟由古颇为要好，但她本人的说法居然是：“夏目？会有人喜欢那家伙吗？”

看来觉得他们感情不错只是我的错觉。

而且由古在看到菲的外表时也是不留情面地大笑，搞不好他们的个性其实相当不合。

把菲送走后过了几天，她就顺利完成进化回来了。

如果想提升人物等级，就必须与魔物战斗。

因为战斗意味着会有生命危险，我原本还有些担心，但看来我是白忙活了。

虽然这是件好事，但重新回来的菲在外表上出了个大问题。

“你变大了啊。”

“这就是所谓的成长啊。”

重新回来的菲变得相当巨大。

她原本的体型和变色龙差不多，能骑在我的肩膀或头上，但现在的身长有一米左右。

如果连尾巴的长度都算进去的话，说不定会和我的身高差不多。

以前，她只有手掌般大小，现在突然变得和大型犬差不多。

“我这样都还算小的了。要是进化到下一阶段，我还会变得更大。”

“要是你变成那样，就没办法继续待在屋里了。”

她现在还能和我在宿舍的房间里一起生活，但要是继续变大，就进不了房间了。

“那可真让人头痛呢。”

即使转生为魔物，菲的内心也还是一个普通的女高中生。

如果让她像其他魔物一样住在屋外，她肯定会有所排斥。

“算了，已经进化成这副模样的话，应该能延长不少的寿命，暂时不必再次进化。我没必要现在就开始紧张。”

既然本人都这么说了，那就这样吧。

我也相信她并非是因为不想被赶出房间才这么说的。

还有，我很在意她进化后的能力值，于是在征得本人的同意后，试着鉴定了一下。

结果她比我还要强。

“魔物的能力值提升幅度本来就比人类要高。”

话虽如此，但比起进化之前，也未免强太多了吧！

“有什么关系嘛，你在人类之中已经强大得和作弊差不多了。我可是一直在赌上性命地升级啊，即使奖励比别人稍微丰厚一些也不过分吧？但话又说回来，对我来说，这应该不能算是奖励吧。”

“啊……对，女孩子变强了也不会觉得高兴……”

“就是这么回事。虽然是不得已而为之，但我并不喜欢战斗。而且，你知道我有什么技能的吧？就是‘过食’。”

我知道。说起“过食”，在该技能的影响下，只要吃下足够多的食物，就能将多余获得的SP存储起来。

如果是人类，取得“过食”技能只会越吃越胖，但魔物不知为何就不会变胖。

“因为我拥有那个技能，安娜那家伙就逼着我吃魔物的肉。据说是有个迷信的说法，只要吃下强大魔物的肉，能力值就会变得更容易提升。别开玩笑了好吗？”

唔哇……这我可不敢领教。

虽然从味道上来说，魔物的肉有好有坏，但我一点儿都不想吃。

“真是的……那个女仆……我总有一天要向她讨回公道！她居然把魔物的肉硬塞进我嘴巴里，完全不顾我的挣扎，真是太过分了！”

该怎么说呢……请节哀吧。

可是，只要像这样仔细一对比就会发现，魔物的能力值真的很高。

在菲进化之前确实是我的能力值比较高，但在进化之后，她的能力值就超过了我。

菲的平均能力值在700左右。

据我所知，在人族之中，只有少数的精英在能力值上能与她并驾齐驱。

而且菲还只是下位幼龙种。

要是她继续进化下去，应该能抵达能力值超过1000大关的境界吧。

说不定连身为勇者的尤利乌斯大哥，在能力值上都会被她超越。

不仅如此，虽说还在成长中，但她拥有的技能在经过锻炼后已经变得十分丰富了。

即使在能力值上处于劣势，但人族依然能与魔物作战，其中的原因就是人族在技能上占据了很大优势。

毕竟魔物是不会锻炼技能的。

如果是一般的魔物，拥有的技能不会很多，但菲可就不一样了——

不仅拥有身为魔物的优势，还拥有身为人类的智慧。

要是全世界的魔物都像菲一样，人族和魔族早就灭亡了吧。

她比我晚出生都已经是这样了。

而且，她不过是在几天内提升了一下人物等级，结果就变成了现在这样。

如果她比我还要早出生……如果她花费更多的时间去提升等级……

做个假设，如果菲在原本的艾尔罗大迷宫里出生，就这样在里面生活下去……那她应该会强大得无人能敌吧。

或者是，如果有某只不仅拥有类似遭遇，还拥有人类智慧的魔物……

算了，应该不可能还有其他像菲这样犯规的家伙了。

幕间　爱操心的公爵千金与地幼龙

“你好大啊……”

“是啊，要是继续变大的话，我就不得不住在外面了。”

“所以你不想继续进化？”

“是啊，不行吗？”

“不，我没说不行。不过，你现在和俊住同一间房间吧？虽然你现在变成了这样，但原本是女生的你和男生住在一起，不会不自在吗？”

“都变成这样了，你还觉得我会在意这个？老实说，我们连种族都不一样，根本不可能会有那方面的感觉。还是说，你对爬虫类有着特殊的癖好？”

“才没有！”

“有的话就吓死人了。同样的道理，我对人类男性没什么兴趣。”

“这样吗？”

“就是这样。因为我原本是人类，所以还保留着人类的审美观，但如果是普通的地龙，根本连人类的长相都分不清吧？”

“啊……被你这么一说，我才发现自己也分不清动物的长相啊。”

“但是，我还没见过其他地龙，也不知道地龙中的帅哥长什么样子。”

“我也无法想象。”

“虽然在刚出生的时候，我一直把俊当成理想中的白马王子就是了。”

“咦咦？”

“因为……那家伙看起来就是个货真价实的英俊王子嘛，而且我当时还保留着身为人类时的感觉……”

“喂喂喂……”

“你在紧张什么？知道里面的人是那家伙之后，我就对他没什么兴趣了。”

“啊……这样啊……”

“因为那是山田啊，是那个人畜无害的超级凡人。”

“喂，你这样讲太过分了吧？”

“别生气别生气。我现在在某种意义上还是很尊敬他的。即使转生到这个异世界，他也依然坚守着身为平凡人的使命。如果没有强大的意志力，是做不到这种事的吧？”

“真不知道你这么说是贬低他还是称赞他……”

“是称赞啦。说起来，你也太过保护他了吧？你不觉得自己有点反应过度吗？”

“才没有那种事。”

（她不仅不希望我和俊同居，听到我对俊的心意还会慌张，但我一否认就松了口气，这样的反应多半就是那么回事了吧？事情好像变得有趣起来了，我就别多嘴了吧。）

6 死神之镰

呼……哈……

我太兴奋了，差点就喘不过气来。看来击败强敌让我兴奋过头了。

呼……好，兴奋了这么久也差不多了，也该想一想之后的计划了。

首先，我的人物等级一口气提升了好几级。

真不愧是鳗鱼，幼龙种果然不是浪得虚名。

光看能力值的话，对方的强大实力是压倒性的。打倒这样的强敌再加上“傲慢”的效果，会一口气提升几级也是可以理解的事。

不少技能的等级也在这一战中提升相当多，看来我拿到了不少的熟练度。

话虽如此，但在这场对决中，运气是很重要的因素。

事实上，只要刚才走错一步，现在的我就已经变成焦炭了。

鳗鱼就是这样的强敌。

话说，如果仅仅只看能力值的话，我根本就没有赢下战斗的可能啊。

和猿猴大军对决的时候也一样，我是不是经常在这种惊险的状况下战斗啊?

在技能方面，最令我开心的，是“HP自动恢复”和“火抗性”升级了。

“HP自动恢复”的效果在这之前一直被地形的炎热伤害抵

消掉。技能等级提升后，恢复效果应该会稍微比炎热伤害要高。

不过，因为人物等级提升了，我的HP已经完全恢复，所以暂时还无法确认。

这样一来，如果只是受到轻伤，伤势就会随着时间推移慢慢恢复。

在此之前，我一直给自己设下颇为严苛的条件，极力避免受到伤害，看来以后可以轻松一点了。

不过，要是被敌人的攻击直接命中，估计我还是会立即升天吧。

啊，我的人物等级好像提升到10了。

升到等级10，就意味着我可以进化了。

可是，我该怎么办呢？在这种地方进化没问题吧？

我之所以这么说，是因为进化会伴随着相应的危险。

首先，在进化的过程中，我会彻底失去意识。

在这期间，我会变得毫无防备，一旦被其他魔物袭击，我就死定了。

在前两次进化时，我都在周围铺设了蜘蛛网，是躲在蛛网内进化的，所以能确保自身的安全，但这次可没办法这么做。

毕竟这里没办法使用蜘蛛丝。

如果要在这种充满岩浆的地方筑巢，筑到一半的时候，巢就会自己起火燃烧。

在火灾现场中进化？谁做得到这种事啊。

问题还不只是这样。

进化会消耗大量能量，MP和SP都会被耗尽。

MP倒是还好，要是SP耗尽，我很有可能会因为饿肚子而失去行动能力。

在最糟糕的状况下，我甚至会直接饿死。

之前进化的时候，我身边碰巧准备了大量的食物，进化后正好可以大吃一顿，但这次可没有那种东西。

虽说现在还有鳗鱼，但即使将这条身形庞大的鳗鱼吃掉，恐怕也没办法让我的SP完全恢复。

虽然不必担心饿死，但我接下来会有好一段时间得积极地去狩猎。

啊，对了,“过食”储备体力还有多少来着?

前两次进化的时候，我都处于“过食”储备的体力已经耗尽的状态下。

虽然与鳗鱼战斗让储备体力减少了许多，但毕竟没有用光。

如果将这些储备的体力用在进化上，说不定我的体力就不会完全耗光。

嗯……可是，我好像不应该只凭这种乐观的推测就贸然展开行动。

虽然就心情上来说，我希望进化，但考虑到安全之类的因素，暂时不进化似乎更好吧?

可我上次也考虑过相同的问题——“等级是否会继续提升”实在令人担忧。

小型蜘蛛怪的最高等级可能只有10级。

若真是这样的话，攻略中层期间所得到的经验值就会全都浪费掉。

这实在不是什么好事呢。

想到这里，我就觉得还是应该进化……嗯……

说起来，我可以进化的上级种族好像有两个，先用“鉴定”去调查一下吧。

麻烦您了，“鉴定大人”。

进化选项：毒蜘蛛怪或死神之镰。

嗯？毒蜘蛛怪还不难理解，可这个死神之镰是什么东西？

连蜘蛛怪都不是了。

死神之镰。进化条件：拥有超过一定数值的能力值，以及“暗杀者”称号的小型蜘蛛形魔物。说明：被称为“不祥象征”而受人畏惧的小型蜘蛛形魔物，拥有强大的战斗力和匿踪能力。

哦哦，“鉴定大人”啊！

居然连进化条件这种东西都鉴定出来了！

真不愧是“鉴定大人”！做任何事情都不马虎！

嗯……也就是说，是因为我的能力值满足了条件，所以才能进化成那个种族吧。

换句话说，我之前一直没能满足那个条件，对吧？

没想到进化居然和称号有关系。

那我之所以能进化成毒蜘蛛，是不是因为拥有“毒术师”的称号呢？

很有可能。

毒蜘蛛怪也姑且鉴定一下吧。

毒蜘蛛怪。进化条件：小型毒蜘蛛怪LV10。说明：名为蜘蛛怪的蜘蛛形魔物稀有品种的成年体，拥有非常强力的毒。

不过，如果要进化，我当然会选择另外一边吧。

这并不仅仅因为死神之镰的进化条件十分严苛，更重要的是，根据“鉴定大人”的说法，这个种族似乎拥有很高的战斗力。

体型较小这点也很有魅力。

从名称和说明上来看，死神之镰似乎是有别于蜘蛛怪的另一种进化体系，这让我感到有些不安。

如果在蜘蛛怪的体系中继续进化下去，我肯定会变得更强。

毕竟我已经亲眼见过蜘蛛怪的进化形态了——

那就是身为我老妈的超大型蜘蛛，以及在下层目击到的上级蜘蛛怪。

因为我自出生以来一直都很弱小，所以可能很难想象，但只要继续进化，我早晚能达到那样的境界吧。

虽然明白这点，但如果要选择那条进化线路，我的体型就会变大。

有一种说法是“大能兼小”，但我觉得小型化才是最新的潮流。

虽然体型小，但拥有高性能——这就是我的目标！

可我也知道这只是场面话罢了，我无非是不想让身体变大，失去灵活的行动能力而已。

要是变成我老妈那么大，可以让我正常活动的地方到底还剩下多少啊？

我可不想遇到“以前能顺利通过的道路，现在突然变得无法通过”这种事。

想想看，如果我在这个遍地岩浆的中层突然体型变大，会有什么后果？

我已经能想象到自己在狭窄的通道里不小心一脚踩空的光景了！

这样的下场可不是变成落汤鸡就完事了，而是会闹出人命的啊！

我不晓得进化成成年体之后，体型会变得多大。但对我而言，体型变大的缺点实在是太多了。

除了无法通过某些通道之外，在战斗方面也很不妙。

毕竟我是靠闪躲功夫活到现在的，体型变大会让我更容易被敌人击中。

如果想保持现有的闪避能力，还是维持娇小的体型比较好。

再说，体型变大就意味着体重也会增加。

体重增加的话，行动就会变得迟钝。

想让最重视速度的我放弃速度？门都没有。

因此，我不想在蜘蛛怪的体系中继续进化下去。

在这时候看到其他体系的进化选项，我当然会倾向于选择那边。

但我也并非那么坚定。

蜘蛛怪到了进化的终点会变得很强，但死神之镰到了进化的终点就不见得很强了。

在最糟糕的情况下，死神之镰可能就是进化的终点。

如果真是这样，选择在蜘蛛怪的体系中继续进化，说不定会对我的成长更有帮助。

不过，若真是这样，那也没办法。

能力值既可以通过人物升级来提升，也能通过锻炼来提升。

即使是弱小的魔物，只要用爱慢慢培育，总有一天肯定会变强——就像我一样。

说真的，和刚开始的时候比起来，我确实是变强了。

在经历过那段只要稍微被摸一下就会死的弱小时期后，我开始觉得自己在绝大多数的逆境下都有办法活下来。

因此，我还是进化成死神之镰吧。

于是，最大的问题在于该如何安全地完成进化，但现在我已经想好对策了。

如果问我这个对策是否真的安全，我还是会感到不安，但总比没有对策要来得好。

就是这样，来吧，鳗鱼的尸体！

今天的“三分钟建筑教程”。

我们需要准备的材料是鳗鱼尸体，必须是顶级的。

首先，把鳗鱼拉直。

接着，从尾巴的地方开始卷起来。

请小心地把它卷成漂亮的漩涡状。

这项工作的重点是在中间保留足够的空间。

如果能摆成完美的圆形，鳗鱼的身体就会向上叠起来。

不能从外侧，这项工作必须从漩涡的内侧进行操作。

重复这个动作，最后把鳗鱼头放在顶点就大功告成了。

鳗鱼避难所完成！

唔哇……盖得真是漂亮！

很好。鳗鱼有“龙鳞”技能，它的鳞片应该很硬才对。

普通的攻击估计伤不了它，虽然比不上蛛巢，但防御力可以期待。

如果是在这里进化，安全应该不成问题……大概吧。

做好心理准备就上吧。

个体——小型毒蜘蛛怪进化为死神之镰。

然后，我的意识突然远去……

早安。

虽然我并不清楚现在是不是早上……

但这次也总算平安地醒过来了呢，太好了。

就危险程度而言，这次的进化是至今为止最危险的一次。

幸好没有一觉醒来就发现自己身在天国。

咦，不是天国，而是地狱？

为人清廉，一身正气的我怎么可能下地狱嘛，哈哈哈。

虽然我很想像往常一样，第一时间去鉴定能力值，但现在得先确保安全问题才行。

鳗鱼避难所的内部看起来没什么变化，但说不定我已经被外面的魔物包围了。

那就偷偷看一眼外面的情况吧。

嗯，什么都没有，很好很好。

那我就边吃鳗鱼边鉴定……啊，不行。

以前吃蛇的时候我也遇到过相似的情况。如果不先剥下鳗鱼的鳞片，就没办法吃鳗鱼的肉。

真是可恶。

还好，我并没有饿得无法行动，这应该是“过食”的功劳吧。

一边剥鳞片，一边确认能力值吧。

死神之镰　LV1　姓名　无

能力值　HP：195／195（绿）100UP　MP：1／291（蓝）100UP

SP：195／195（黄）100UP

SP：195／195（红）＋43 100UP

平均攻击能力：251 118UP　平均防御能力：251 118UP

平均魔法能力：245 100UP　平均抵抗能力：280 101UP

平均速度能力：1272 100UP

技能

“HP自动恢复LV6”　“MP恢复速度LV4 1UP”“MP消耗减缓LV3”

“SP恢复速度LV3”　“SP消耗减缓LV3”　“破坏强化LV2 1UP”

“斩击强化LV2 1UP”“毒强化LV4 1UP”　“气斗法LV2 1UP”

“气力附加LV2”	“猛毒攻击LV3”	“腐蚀攻击LV1 NEW”
“毒合成LV8 1UP”	“丝的才能LV3”	“万能丝LV1 NEW”
“操丝术LV8”	“投掷LV7”	“立体机动LV5”
“隐秘LV7 1UP”	“无声LV1 NEW”	“集中LV10”
“思考加速LV3”	“预知LV3”	“平行思考LV5”
“演算处理LV7”	“命中LV8”	“闪避LV7”
“鉴定LV9”	“探知LV6”	“外道魔法LV3”
“影魔法LV3 1UP”	“毒魔法LV3 1UP”	“深渊魔法LV10”
“破坏抗性LV2 1UP”	“打击抗性LV2”	“斩击抗性LV3”
“火抗性LV2”	“黑暗抗性LV2 1UP”	“猛毒抗性LV2”
“麻痹抗性LV4 1UP”	“石化抗性LV3”	“酸抗性LV4”
“腐蚀抗性LV3”	“晕眩抗性LV3 1UP”	“恐惧抗性LV7”
“外道抗性LV3”	“疼痛无效”	“痛觉减轻LV7”
“视觉强化LV9”	“夜视LV10”	“视觉领域扩大LV2”
“听觉强化LV8”	“嗅觉强化LV7”	“味觉强化LV7”
“触觉强化LV7 1UP”	“生命LV9”	“魔量LV8”
“爆发LV9”	“持久LV9”	“刚力LV4 1UP”
“坚牢LV4 1UP”	“护法LV4 1UP”	“韦驮天LV3”
“傲慢”	“过食LV8”	“奈落”
“禁忌LV5 1UP”	“n%I=W”	

技能点数:500

称号

“恶食”	“食亲者”	“暗杀者”
“魔物杀手”	“毒术师”	“丝术师”
“无情”	“魔物屠夫”	“傲慢的支配者”

咦，嗯？等一下。

再仔细看一遍吧，说不定只是我眼花了。

我又仔细看了一遍能力值的鉴定结果。

什么！咦……咦咦咦咦咦咦咦！等……等一下！咦？

提升了好多。这也未免提升太多了吧！

真的假的？真的提升了这么多吗？

哦哦……这个种族的战斗力还真是挺强的啊……

这样真的可以吗？

我可以变得这么强吗？

要是变得这么强，我可是会得意忘形的哦。

可以吗？可以吧！

呼……呵呵呵……我的春天来啦！

之前一直困扰着我的能力值问题，居然就这样一下子解决掉了！

虽然这样的能力值还是要比鳗鱼低一些，但我已经不会被路边的小怪随便摸一下就死掉了！

之前，我可是一直处于“一旦被直接攻击，就等于死亡”的状态下。

而现在，我也终于拥有了能上得了台面的能力值了！

呼……呼呼呼……呼嘿嘿嘿嘿嘿……

这样的能力值已经比海马要高了，说不定比猿猴都要高。

技能等级也提升了不少。不错不错。

啊，“禁忌”也升级了！

喂喂喂！等级5？

也就是说，距离满级只剩下一半的进度了！

如果我的猜测没有错，一旦“禁忌”的等级提升到10，我身边就会发生不得了的事情。

这可不妙……

算了，反正才到一半。没事的，没事的……吧？

还有，好像出现了我没见过的技能。

“腐蚀攻击”……真的假的？

这里的“腐蚀”应该就是那个“腐蚀”吧？

就是那个在鉴定之后才发现，其效果比我想象中还要危险的“腐蚀”，对吧？

连那种东西都能使用了吗？我好强啊。

另一个没见过的技能是……“无声”啊……

虽然我能隐约猜出它的效果，但还是鉴定一下吧。

无声：能减少发出的声音。

嗯，果然没错。

万岁！我的忍者气息提升啦！

我是不是变得每次都能施展出奇袭了呢？

此外，还有一个技能让我相当在意。

“蜘蛛丝”和“斩击丝”都不见了，现在出现了一个名叫“万能丝”的新技能。

我猜那应该是“蜘蛛丝”的进化技能，可“斩击丝”跑哪里去了？

万能丝：按照特定参数产生的丝。参数项：黏性、伸缩性、弹性、质感、强度、粗细。可以附加“斩”“打”“冲”等属性或者抗性。

蜘蛛丝增加了能够附加属性的新功能。

这样看来，“斩”和“斩击丝”有一样的效果，而“打”是附加打击属性，“冲”则是附加冲击属性。

“打”似乎是一般的拍打。

“冲”则能让丝在一瞬间发出类似冲击波的东西。

如果在那种状态下触碰到丝，就会因为冲击力而受到伤害。

如果不是在中层，这个技能非常有用啊！

呜……好想赶快离开中层去试试新技能！

确认过能力值后，鳗鱼的鳞片也剥完了。

很好，那就来实际品尝一下鳗鱼吧。

我开动了。

挺不错的呀。

鳗鱼的味道和鲇鱼不太一样。

我再说一次——好吃！

这次的进化没有让我的SP减少。

取而代之的是，“过食”储存的体力几乎耗尽了。

这就是“过食”有在好好工作的证据。

这样一来，如果在进化前没有囤积食物的话，只需要用“过食”来储存体力就可以了。

既然如此，那我就多吃一点，努力增加额外储存的体力吧。

从之前的数值倒推回来的话，“过食”最多能储存技能等级乘以100左右的体力，那我现在应该能储存800点左右的体力。

熟练度达到一定程度。技能“过食LV8”升级为“过食LV9”。

话音刚落就升级了。

这样一来，我能额外储存的体力又变多了。

说到能力值上的变化，技能点数也增加了不少。

提升一级明明只会增加20点，但现在的点数比最后一次看到的时候要多了280点。

其中的60点是因为人物连升三级带来的，那剩下的220点到底是从哪儿来的？

难道只要进化，就能得到技能点数吗？

若是这样，那我之前计算技能点数的时候，怎么算都算不对就说得通了。

不管了，能得到技能点数是再好不过的事。

现在我有500点，说不定能找到什么不错的技能。

但还是之后再来慢慢浏览技能列表吧。

现在有比这件事更让我在意的事情。

在剥鳗鱼鳞片的时候我就发现了，我的身体形状好像有了些变化。

原本像是利爪般的两只前脚，现在变成了类似细长镰刀的形状。

而且这个“镰刀”极为锋利。

它的锋利程度居然让我在短时间内完成了之前让我苦不堪言的剥鳞工作。

虽然切不开鳞片本身，但让鳞片和鱼肉分离还是很简单的。

不晓得那是因为我的攻击力提升了，还是因为这个镰刀实在很锋利。

除此之外，我的身体也变得更黑了。我以前只是有点黑，但现在完全就是黑色。

不会反射任何光线，一片漆黑！

因为没有镜子，我没办法详细确认身体的状况，但比较明显的变化大概就是这样了吧。

体型则感觉没有什么改变。

不过，也可能只是我没有发现，说不定在很多细节的地方都不一样了。

因为我之前一直都是蜘蛛怪，所以即使进化，外观上也完全没有变化。

可是，我在这次进化中变成了其他种族。

如果要仔细对比的话，一定能找到许多不同之处。

在这种时候没有镜子实在太不方便了，连确认自己的外表都做不到。

算了，我试着动了一下，目前还没有觉得不对劲的地方。

整体上而言似乎没有太大的变化，看来还能像以前一样灵活行动。

在进化前，我根本没想过外观会有变化这个问题。

得知身体并没有太大改变之后，我真是松了口气。

说是这么说，可前腿变成了这样的“镰刀”也不能算是小变化吧。

该怎么说呢……感觉似乎只要举起来，就会听到“锵”的一声。

话说，这个镰刀不管怎么想都会让人联想到死神吧？

除了在种族说明中提到了这种魔物是不祥的象征之外，它还拥有“腐蚀攻击”的技能，所以我想八成就是这么一回事。

虽然我的忍者风格并没有改变，但强化到这种程度之后，就好像变成死神风格了。

等级提升了的技能也必须确认一下。

“刚力”和“坚牢”升级着实令人开心。

这样一来，能力值的成长幅度又能增加了。

虽然我的能力值已经增加了许多，但和鳗鱼等级的对手比起来，还是略有不足。

此外，“毒合成”“毒魔法”和“影魔法”都升级了。

暂且不管没办法使用的魔法，去看看“毒合成”多了什么东西吧。

附加属性“麻痹”:增加麻痹属性。

什么？这……这是……

我……我好像得到不得了的东西喽！

自从来到中层以后，“毒合成”就相当活跃，现在还进化了一大步！

唔哇……我得赶快去试试。

如此决定之后，我便在蜘蛛猛毒中追加了麻痹属性。

至于会有什么效果，只能等到下次有机会再去试一试了。

啊，可是绝大多数的敌人一碰到蜘蛛猛毒就会当场毙命，这就难办了……

在弱毒中也加入麻痹属性好了……嗯，搞定。

如果遇到了新的敌人，就先用这种带有麻痹属性的弱毒洒过去吧。

真是让人期待啊。

至于新增的魔法嘛……那个不重要，反正我也用不了。

可是，等一下，我真的没办法使用魔法吗？

“平行思考”和“演算处理”的等级也提升了不少啊。

我应该可以使用“探知”了吧？

太久没用了，来试试吧。

吸……吐……准备完毕！

开启“探知”！

咕哇！呜呃呃呃！呜！

熟练度达到一定程度。技能“演算处理LV7”升级为“演算处理LV8”。

熟练度达到一定程度。技能“平行思考LV5”升级为“平行思考LV6”。

熟练度达到一定程度。技能“探知LV6”升级为“探知LV7”。

熟练度达到一定程度。技能“外道抗性LV3”升级为“外道抗性LV4”。

关掉！

呼……太难受了。

但和之前相比，现在的我稍微能够忍受这种感觉了。

虽然光是忍受就已经是极限了，但也总算是前进了一步。

我努力的方向并没有错。

虽然还没办法灵活运用，但总算是看到一点希望了吧？

我正在中层到处乱逛。

反正我已经吃下了鳗鱼，把肚子填饱了，之前担心可能会饿倒在路边那种事应该不会发生。

这样看来，我似乎没必要积极地去寻找猎物，可以按照自己的节奏来前进。

我现在的心情还不错，中层的炎热好像也没有当初那么难受了。

唉，但我依然讨厌这里的炎热。

既然周围看不到魔物的身影，那就来确认一下我一直很在意的技能点数吧。

这次的进化让技能点数一下子增加到500点，说不定可以从技能列表中找到不错的技能。

除了“探知”以外，我现在已经拥有的技能都非常实用，如果能保持这个态势，继续拿到实用的技能就好了。

而且，除了让“禁忌”提升等级之外，“傲慢”也没有什么坏处。

而“禁忌”看起来并不像是会立刻招致什么灾难的技能。只要这样一想，其实“禁忌”也算是没有坏处吧?

考虑到“傲慢”带来的强大效果，取得这个技能根本就是利大于弊啊。

只需要100点就能取得这个技能，实在太不可思议了。

光是从效果上来看，即使要消耗1000点，我也可以接受。

虽然我很想找到和“傲慢”一样物超所值的好东西，但这样实在太不切实际了。如果还能看到效果不错的技能，我就尽我所能地去取得吧。

反正存着太多点数也没有什么意义。

这种东西就是要拿来用的。

不停地累积点数，等待上面的技能解禁，这样做反而缺乏效率。

既然都这么决定了……“鉴定大人”，麻烦您动手吧!

我在显示技能点数的地方进行双重鉴定。

技能列表就这样显示出来了。

嗯……这样一看，能用100点取得的技能还真不少啊。

因为都是些可有可无的技能，所以我并没有使用技能点数，但如果下次有空的话，可以试着用提升熟练度的方法去获得这些技能。

只是，若有那种闲工夫，还不如去赚取其他实用技能的熟练度。

啊……可是，搞不好里面会有和“预测”一样，在进化后变得实用的技能……

嗯……有点烦恼。

算了，比起这种事，先看看上次没能看到的，需要消耗200点以上的技能吧。

喂喂喂……还真的有啊，和“傲慢”一样破坏平衡的技能——

忍耐（500）：通往成神之路的n%之力。扩大自身的神性领域。只要还有MP，不管受到多大的伤害，都能留下1点HP继续存活。此外，该技能还能凌驾W的系统，得到对MA领域的干涉权。

又出现充满神秘语言的神秘技能了……

而且，它同样有着夸张的性能。

这是以消耗MP来发动“锁血”效果的技能吗？

虽然不清楚消耗MP是怎么个消耗法，但似乎只要MP还有剩余，就能一直活下去，是这个意思吗？

搞不懂。这种不讲道理的性能是怎么回事？

嗯，这次就不必犹豫了。

目前拥有的技能点数是500。可以使用技能点数500取得技能“忍耐”。要取得吗？

我要。

成功取得“忍耐”。剩余技能点数是0。

我已经取得了“傲慢”，所以字典里早就没有了“撤退”这两个字！

这种破坏平衡的技能，我全都要拿到！

管你是“禁忌”还是什么，全都放马过来吧！

熟练度达到一定程度。技能“禁忌LV5”升级为“禁忌LV7”。

我错了。果然还是别过来了。

满足条件。取得称号“忍耐的支配者”。

基于称号“忍耐的支配者”的效果，取得技能“外道无效”“定罪”。

“外道抗性LV4”被整合为“外道无效”。

啊……“禁忌”在意料之中升级了，这次还连升两级。算了，这也是没办法的事。

虽然明知道技能等级提升会发生什么不好的事情，但我也没有对策。

拜托，请千万不要直接降下天谴毙了我。

啊……“不晓得到底会发生什么事”的感觉总是如此刺激人们的想象力，实在可怕。

但比起这种事，调查称号更让我感兴趣。

我忍不住了！赶快去确认取得的新称号吧！

忍耐的支配者：取得技能“外道无效”和“定罪”。取得条件：取得“忍耐”。效果：提升防御力和抵抗等能力。邪眼系技能开放。提高抗性系技能的熟练度获取效率。取得支配者阶级特权。说明：赠与支配忍耐之人的称号。

啊，这果然是个不讲理的称号。

防御力和抵抗都增加了。

两方面的能力值都增加了100点，防御提升至351，抵抗提升至380。

这东西到底是什么呀？这技能是不是强过头了？

抗性系技能的熟练度变得容易获取也是很棒的效果。

我是注重闪避能力的人，所以很少直接挡下攻击。因为这样，我拥有的抗性系技能一直都不能有效率地升级。

而“忍耐”所带来的效果能有效弥补我的弱点，这让我相当开心。

通过锻炼获得的抗性，该怎么赚取熟练度？

如果是自己本身就拥有的属性，其抗性似乎会在升级时得到熟练度。

这样的推测应该没有错，因为我明明没做任何事，但还是在升级的时候取得了“黑暗抗性”。

嗯，毕竟我拥有“深渊魔法”技能。

至于其他抗性，只要用蜘蛛丝往自己身上鞭打，就能取得。

如果只要鞭打自己就能取得抗性，不管是谁都会这么做。我就这么做了。

咦，只有我会？才没有那种事。我说是就是。

此外，“邪眼系技能的开放”也让我有些在意。

我超想得到这个啊——

只要得到这个，不就可以说出“呜，我的右眼在隐隐作痛！”或是“所谓的杀死事物就是这么回事”之类的话了吗？

真是个让人中二之魂蠢蠢欲动的词语啊……

好想要……可是技能点数已经不够了！

啊……我得赶快升级，再次积累技能点数。

再来就是新取得的“外道无效”和“定罪”这两个技能。

“外道无效”似乎是“外道抗性”中最高级的技能。

“外道抗性”的效果是增加针对直接侵害灵魂的攻击的防

御力，而“外道无效”则是让这类攻击完全无效。

这样一来，即使遇到会使用“外道魔法”或是类似攻击的敌人，我也不必担心了。

定罪：对灵魂中累积了系统内的罪过之人，造成与罪过累积值成正比且无法抵挡的伤害。

哇……也就是说，这个技能会对犯下罪行的家伙造成伤害，而且威力会随着罪过的等级提升。更重要的是，这种攻击无法抵挡。

嗯，等一下？

这该不会和“禁忌”的等级有关吧？

例如“禁忌”的技能等级越高，受到的伤害就会越多？

有可能！

唔哇……要是还有其他家伙拥有“定罪”技能，那我可就不妙了。

嗯……可是，这个技能没有出现在技能点数延伸出的技能列表上。

难道这是个只能通过支配者称号取得的特殊技能，除了我之外，没有其他人能学会？

这只是我乐观的推测，但如果真是这样就好了。

若真是这样，那我可是得到贵重的技能了。

不过，这技能有着和“奈落”一样的气息。

我尝试着去发动这个技能，但果然无法使用。

也许是因为没有目标无法发动，但我隐约确信这技能派不上用场。

算了，就算无法使用“定罪”，我的战斗力还是提升了非常多。

即使“禁忌”升级，也只能随它去了。

只要“禁忌”提升到等级10的后果不是当场死亡，那我甘愿乖乖承受那些坏处。

话说回来，我的能力值上升了那么多，技能也很丰富——

我简直就是最强的蜘蛛了吧？

魔物图鉴

file.09

死神之镰

LV.01

status【能力值】

HP 200／200

MP 200／200

SP 200／200

200／200

平均攻击能力：100

平均防御能力：100

平均魔法能力：100

平均抵抗能力：100

平均速度能力：100

skill【技能】

"蜘蛛丝LV1" "毒牙LV1" "腐蚀攻击LV1" "斩击强化LV1" "隐秘LV1" "无声LV1" "影魔法LV1" "毒抗性LV1"

被当成是不祥象征的蜘蛛形魔物。这是一种很少被目击到的稀有魔物，据说目击者会在几天之内死去。它会悄无声息出现在敌人身后，用附带腐蚀攻击效果的镰刀砍下敌人的脑袋。因为威胁性比表面上的能力值要高，所以危险度被认定为C。

S4　校园生活

我的校园生活一帆风顺。

虽然课程内容几乎都是学过的东西，但我还是当成复习课仔细听讲。

实在觉得无聊的时候，我就偷偷进行提升技能等级的练习来打发时间。

仅仅看课上的情况，这样的生活似乎很平和，但我其实在人际关系上出现了不少问题。

主要原因是我的身份，以及我在之前的魔法课上做的那件“好事”。

身份的问题在于，再怎么说我也是王族。虽说在我还是学生期间，身份等同于普通人，但还是会有问题。

无法跨越的鸿沟就是无法跨越。只要是这个国家的人，都会与我保持距离，这是无可奈何的事。

而且即使是别国的贵族，也不会贸然跑来和我说话。

我毕竟是王家的人，只有同样身为王族，或是地位相当的公爵阶级人物才配得上我。

虽然其中有不少想巴结我的学生，但这种学生全都被卡迪雅赶走了。

因为我多半不会在那样的情况下拒绝那种人，所以我很感激能毫不犹豫地帮我赶跑那些人的卡迪雅。

虽然很感激，但因为她的好意和之前在魔法课上太出风头，我开始被孤立。

相比之下，在那堂魔法课后，由古的跟班变多了。

在同一个年级的男生中，有将近一半是他的人。他和前世时一模一样，慢慢地变成了男生中的核心人物。

我也和前世时一样，尽可能地远离那个团体，避免和他们扯上关系。

我知道自从那堂魔法课的事件之后，由古就开始对我不怀好意了。

没必要刻意接近讨厌自己的家伙。

可以的话，我想避免不必要的麻烦。

结果，我变得经常和熟悉的卡迪雅、苏、菲，还有悠莉混在一起。

卡迪雅和苏是能让我敞开心扉的人。菲虽然有些高傲，但我和她毕竟有多年交情。

至于悠莉嘛……那个……该怎么说呢？

虽然同为转生者，但她在另一层意义上变得和夏目一样，让我觉得不好应付。

长谷部现在的名字是悠莉恩·乌伦。（**注：此处为悠莉的全名。**）

乌伦这个姓氏听说是一家教会的名字，那里同时也是一所孤儿院。

长谷部——悠莉似乎是个孤儿。

这个世界有许多孤儿。

虽然原来的世界也有孤儿，但是在这个文明并不发达，而且还有魔物横行霸道的世界中，孤儿的数量要更多。

在婴儿时被抛弃，懂事之后就住在教会，这种情况其实随处可见。

不过，悠莉和那些随处可见的孤儿不一样。

她一出生就拥有前世的记忆，有完整的自主意识。

回过神来的时候，自己突然变成了婴儿——

我也有过同样的经历，那真是令人难以接受。

脑袋一片混乱，内心更是充满不安——

未来到底会如何？以前的自己死掉了吗？

如果不是这样，那之前的人生到底变得如何了？

和我之前所经历过的一样，她的内心应该也充满了不安。

更何况悠莉还是在婴儿时期被父母遗弃的，受到的打击肯定不是我的经历所能比拟的。

老实说，我无法想象悠莉当时的心情。

而在这种极度的不安之中，悠莉找到了心灵的寄托。

那就是神言教。

那是养育悠莉的教会所信仰的宗教，其教义深深影响着整个人族。

一言蔽之，就是“为了聆听神明的话语，我们要努力锻炼技能”。

神言——我不知道那到底是什么。

如果要用游戏中的说法来解释，就是类似系统信息之类的东西。对于这个世界上的人来说，能听见那种声音是理所当然的事。

听见这种声音会觉得奇怪的人，大概就只有我们这些转生者了吧。

不仅如此，技能这种东西也是理所当然存在的。这些都是这个世界中的常识。

神言教的人宣称这种声音是神明的声音，为了听到更多的神明之音，必须努力提升技能和等级。

虽然在我看来，这种教义简直莫名其妙，但这个世界的人不知为何都能接受。

而应该抱有和我相同感想的悠莉，居然深深沉迷在这种宗教之中。

“俊的技能升了好多级呢。我觉得这样很好。今后也请努力提升各种等级，多多聆听神明大人的声音。”

“俊不升级吗？不行！只要提升等级，就能听到神明大人的声音了。为了聆听神明大人的声音，你一定要提升等级。”

“俊会使用‘鉴定’对吧？那我先跟你说一声，如果看到拥有‘禁忌’技能的人，请一定要跟我说。拥有被神明大人定为禁忌的技能是绝对不可饶恕之事，绝对！这表示那个人做出了连神明大人都忌讳的禁止行为。他没有活下去的资格，所以一定得除掉。因此，如果你见到了一定要告诉我，我们就这样定了。”

“俊，我今天升级了技能，终于听到神明大人的声音了！啊啊……居然能听到神明大人神圣的声音，我今天肯定会过得很幸福。”

吓到了。我真的吓到了。

悠莉说着神明大人时的眼神，根本就不正常——会这么觉得并不是我的问题。

她原本应该不是这种女孩吧。

她应该是随处可见的普通女高中生才对。

她之所以会变成这样，肯定是受到了成长环境的影响。

来到异世界的恐惧、被双亲舍弃的绝望……

要在异世界活下去的不安……

在这种心理状态下，用熟悉的日语说出来的“神言”会成为她内心的支柱也就不奇怪了。

而且，她身边全是信奉神言教的人。

在这种情况下，悠莉会对神言教的教义深信不疑，或许也是无可奈何的事。

不过，因为深信不疑而上升至圣女候选人的地位，我觉得就有点夸张了。

还有，真希望她不要一直劝诱别人加入神言教。

每次见面，她都会用“想加入神言教了吗？”来代替打招呼的话。

虽然不好意思，但我不打算信仰任何宗教。

我不止一次委婉拒绝，但悠莉并没有死心——反而还变本加厉了。

几乎每次，苏都会火冒三丈地扑向悠莉，然后卡迪雅出面调解。这样的光景屡见不鲜。

苏最近也有些奇怪。

她明明有话想问我，却又不愿开口。

但是，即使她不说，我也能猜到她想问什么……

准确来说，是卡迪雅告诉我的。

“苏……那孩子想知道我们的关系。”

“咦，什么关系？”

“就是我和你在前世时的那些事啦。从我们和老师，还有和其他人相处时的态度，她应该察觉到了什么。”

“啊……这么说来，我们曾经在苏的面前用日语交谈过。”

“就是这么回事。从出生开始就陪伴自己左右的哥哥，突然用自己没听过的语言和陌生人亲密交谈，无论是谁，都会觉得奇怪。”

“这样啊……这下子糟糕了。”

“总之，要是那孩子问起，你就自己判断是该实话实说，还是蒙混过关吧。”

“咦，不是只有蒙混过关一个选项吗？”

“是继续欺骗妹妹，还是把真相告诉她，要做决定的人是你。不管你做出什么选择，都得做好心理准备，好好地回应人家。不然的话，那孩子就太可怜了。”

“呜……我明白了。”

就是这样，苏似乎很想知道我和大家的关系。

老实说，我一点心理准备都没有。

难道我真的要向苏老实交代？

虽说我和苏不是同一个母亲，但我们确实是兄妹。

可前世的我对苏来说，是毫无瓜葛的陌生人。

虽然我把苏看作是亲妹妹，但是在得知真相后，苏还会继续把我当哥哥吗？

况且，我在一定程度上是依靠前世的记忆与经验，才成长到今天这个地步的。

比起靠着自身力量与我并肩的苏，我可以说是用了作弊的手段。

当苏知道这件事时，会不会看不起我？

只有苏不会这样——虽然我如此认为，可一旦在脑海中浮现出这样的想象时，我就没办法如此乐观了。

如果想蒙混过关，我又觉得这样做太不诚实。

亲妹妹明明如此烦恼，为是否该询问真相而踌躇不前，我自认为不应该随便应付这个问题。

所以如果要隐瞒真相的话，我就得做好要隐瞒她一辈子的心理准备。

到底该怎么处理这件事，我暂时还没有找到答案。

不过，万一苏问起这件事，我必须认真回答她。

如果卡迪雅没有告诉我这件事，我可能不会想这么多，随便就敷衍了事。

真应该感谢事先给我建议的卡迪雅。

总而言之，我的烦恼还真不少。

由古讨厌我，悠莉不遗余力地劝诱我入教，苏和我之间也有严肃的问题要处理……

而且，老师那边依旧谜团重重。

时而不见踪影，不知道跑去干什么，时而又突然出现在课堂上。

即使在逮住她的时候问她问题，她也经常含糊带过。

特别是在问起京也的所在之处时，那种含糊了事的感觉特别明显。

京也是我和卡迪雅在前世时感情特别好的朋友。

不过，老师一直不愿意告诉我们他在哪里。

老师似乎知道他的大概位置，却没有将他保护起来。

虽然我很在意京也目前的处境，但看老师这态度，似乎是不会告诉我们的了。

沉迷宗教的悠莉。

自我显示欲本来就十分强烈，现在更变本加厉的由古。

变得让人摸不清底细的冈老师。

他们在这个世界都好像变了个人。

这大概是没办法的事吧。

我们待在这里的时间不算短了，再加上这里的环境又和日本相差甚远……

真要说起来的话，没有任何改变反而比较困难。但是，我害怕改变。

这么说或许有点奇怪，但悠莉和由古在我看来，就像是发疯了一样。

“卡迪雅，拜托你千万不要改变。”

我忍不住对卡迪雅如此说道。

只要一想到连卡迪雅都从我熟知的叶多变成别人，我就觉得害怕。

我之所以能像这样保持原本的自我，都要归功于卡迪雅——这个从前世开始就相识的朋友。

因此，我希望卡迪雅不要改变不也很正常吗?

幕间　爱操心的公爵千金与圣女候选人

“大岛，为什么你会光明正大地和女生一起换衣服？”

“咦……啊，抱歉。在这里生活太久，我都已经不去在意那种事了。如果长谷部在意的话，我就错开一下时间，或者去其他地方换衣服怎样？”

“咦？啊，嗯……”

“你为什么一脸受不了啊？”

“嗯……因为我没想到你会回答得这么冷静。一般来说，在这种情况下，你不是应该慌张地辩解吗？”

“这个嘛……我在转生之后就完全没有那种感觉了。亏我还是男生的时候曾经那么羞涩，但如今那种东西就像梦一样，消失得无影无踪。所以即使是在这种时候，我也毫无感觉。拜此所赐，罪恶感之类的感情也一并消失了。”

“这样啊……那你不会害羞吗？”

“我是公爵千金，从换衣服到洗澡全都由侍女服侍。羞耻心那种东西，早就不知道飞去哪里了。”

“原……原来如此。那样好像也挺辛苦的。”

“是啊，所以让我从那种地方解放出来，过上现在的宿舍生活，真是太棒了。听到其他大小姐抱怨没有侍女很不方便时，我反倒觉得难以置信呢。”

“没错，我也这么觉得。”

“毕竟长谷部是在孤儿院长大的嘛。对了，你应该还留有在日本生活时的价值观，会不会跟那些贵族相处不来？”

“嗯，老实说是这样。”

“我想也是，就连我都偶尔会理解不了她们的想法。”

“啊哈哈。虽然烦恼的问题不尽相同，但我们都过得颇为辛苦啊。”

“是啊。不过，我吃的苦头跟你比起来，应该不算什么吧。”

“是吗？”

“当然。虽然我的日子不怎么好过，但至少没有生命危险。”

“也许是吧，但我觉得这样的遭遇也是一件好事。”

“好事？”

“没错，就是拜此所赐，我才理解到神明大人的声音有多么重要！”

“是……是吗？”

“难道不是吗？神明大人看穿了一切。它是全知全能的真神，特地用日语对我说话就是最好的证据。只要听从神明大人的声音，凡事都会一帆风顺！”

“也……也对，可能真的是这样吧……”

“就是这样！所以，大岛也加入神言教吧！”

“呃……抱歉，因为家庭原因，我无法选择自己的信仰。”

“这样啊……那就没办法了。不过，要是你改变心意，随时都可以告诉我。”

“没问题……对了，那我还需不需要到其他地方换衣服？”

“啊……嗯……总觉得，听到你刚才那番话，我好像不在意了。反正迟早得习惯，你就在这里换衣服吧。”

“可以吗？”

“嗯。话说，在我看来，现在的你一点破绽都没有。”

“什么意思？”

“我是说你不像个男生。你的言行举止完全和女生一样，只要不说就没人会识破。”

“我是应该高兴还是应该难过呢……”

“当然应该高兴啊，因为你以后都得一直以女孩子的身份活下去。”

“心情真是复杂。”

“在身为女士的道路上，我是你的前辈。而且，引导世人是我的使命，要是有什么问题，就尽管来问我吧！”

“谢谢，那就麻烦你了。”

“拜托我不要改变啊——真是强人所难的要求。都这样了还让我不要改变，那才是不可能的事吧……我变得像是女人了吗？俊应该不会把我当女人看吧？嗯，我到底在说什么？这句话没有什么深刻的含意……应该没有吧？”

7 管理者的影子

啊，既然“外道抗性”变成了“外道无效”，那我就不会因为“探知”而头痛了，对吧？

那是外道属性的攻击对吧？即使说是攻击也不过分吧？

那种连“痛觉减轻”的效果都能无视的疼痛，怎么想都不可能是普通的头痛吧？

如果可以让“探知”造成的外道属性攻击变成无效，那疼痛是不是也会一并消失啊？

凡事都需要尝试。

吸……吐……准备完毕！

开启“探知”！

哇！好厉害。这真是太厉害了。

之前，我只顾着忍耐头痛，没办法好好体会，没想到头痛消失后，居然能感受到这么棒的体验。

即使发动“探知”，我也不会头痛了！

不，准确来说，还是有一点点痛，但“痛觉减轻”姑且能应付得了。

这种头痛，肯定是类似用脑过度后会发烧之类的副作用吧。

“探知”所带来的情报量就是如此庞大。

熟练度达到一定程度。技能“演算处理LV8”升级为“演算处理LV9”。

熟练度达到一定程度。技能“平行思考LV6”升级为“平行思考LV7”。

熟练度达到一定程度。技能“探知LV7”升级为“探知LV8”。

熟练度达到一定程度。取得技能“神性领域扩大LV1”。

虽然好像获得了新技能，但之后再来确认吧。

我现在只想沉浸在这份感动之中。

能成功发动“探知”固然令人开心，但发动“探知”本身所带来的体验更让我震撼。

在我所能认知到的空间里，一切情报似乎都汇集了起来。

魔力的流动、物质的结构、空气的流动……各式各样的情报一一进入我的脑海。

似乎有种无所不能的感觉从心底涌出。

我能掌握周围的一切。

本来无法掌握的情报，现在都能通过技能效果在某种程度上有所了解。

光是某种程度上的了解，就已经为我带来了庞大到仿佛能窥见宇宙真理的情报量。

而且，这还只是我能认知到的这块小小空间的探知结果。

我再次深刻体会到世界的辽阔和伟大。

糟糕，不知为何眼睛湿润了……不过，我也不晓得蜘蛛的眼睛会不会流眼泪就是了……

暂时先关掉“探知”吧。

呼，真厉害！这种无法解释的感动是怎么回事？

如果要形容，这种感觉就像是在眺望漫天群星一样，大概就是这样吧。

啊啊，虽然还想继续沉浸在这种感动之中，但还是转换一下心情吧。

我成功发动“探知”了。

既然如此，那我以后是不是应该一直发动“探知”？

但“探知”的性能过于强大，这么做说不定反而会不方便。

毕竟知道的事情太多，注意力就会被分散。在战斗中，这样反而无法集中精神。

话虽如此，但如果能习惯那种状态，不就所有问题都迎刃而解了吗？

虽然现在光是发动技能就让我应接不暇，但刚开始让“鉴定大人”一直开着的时候，我也觉得头昏眼花，只不过现在已经适应了而已。只要一直保持技能发动的状态，我觉得自己早晚会习惯。

因此，尽管还没适应时可能会有些危险，但我还是一直开着“探知”吧。

而且“探知”还能带动其他技能提升等级，这样对成长更有帮助。

既然这么决定，那就再次开启“探知”吧。

唔哇……真的好厉害……

啊，现在可不是感动的时候。

先来确认刚才取得的技能吧。

熟练度达到一定程度。技能“平行思考LV7”升级为“平行思考LV8”。

熟练度达到一定程度。技能“神性领域扩大LV1”升级为“神性领域扩大LV2”。

就在这时，我正想确认的技能升级了。

这个技能到底是什么？

这么说来，在“忍耐”的技能说明中，好像也有出现过“神性领域”这个词。

我记得那里也有提到过“扩大神性领域”对吧？这个也是扩大吗？

莫非我的神性领域正在不断扩大？

总之先来鉴定看看吧。

神性领域扩大：扩大神性领域。

说了跟没说一样嘛，算了。

所以这时候就得靠“鉴定大人”了！来吧，双重鉴定发动！

神性领域：生命所属的灵魂的深层领域。那里是一切生命的根源，也是自我依存的最后领域。

嗯嗯？看是看了，可是没看懂。

算了，至少我知道了那是灵魂的重要部分，可扩大那种地方有什么意义？

嗯……我还是搞不懂它的效果啊……

虽然等级提升应该是好事，但我完全感觉不到效果。

熟练度达到一定程度。技能“演算处理LV9”升级为“演算处理LV10”。

满足条件。技能“演算处理LV10”进化成技能“高速演算LV1”。

熟练度达到一定程度。技能“探知LV8”升级为“探知LV9”。

技能升级的速度还是那么的快！

“演算处理”也已经提升至满级了。

它进化成了“高速演算”，看起来就是“演算处理”的上位技能。

另外，我想取得“探知”的原因，其实就是想用来寻找敌人。

但我本身寻找敌人的能力就已经很强大了，即使没有“探知”也没有问题。

如果再加上“探知”的力量，简直可说是如虎添翼。

即使说我已经不可能被偷袭了，也完全不夸张吧！谁都别想偷袭我哦！

除此之外，我还想得到的技能是“魔力感知”。

如果我的推测没错，只要结合“魔力操纵”和“魔力感知”，我就能使用朝思暮想的魔法了……大概吧。

这样一来，我就能使用封印至今的“深渊魔法”或“外道魔法”了！

然而，我的技能点数用完了！可恶！

虽然我并不后悔取得“忍耐”，但没有技能点数真叫人难过。

说起来，我原本还打算把接下来取得的技能点数用在“邪眼”上啊！

怎么办？我两边都想要！呜啊啊！

这样的烦恼确实太过奢侈，可我真的不知道该选择哪一边。

熟练度达到一定程度。技能“探知LV9”升级为“探知LV10”。

熟练度达到一定程度。技能“平行思考LV8”升级为“平行思考LV9”。

咦，真的假的？“探知先生”也满级了？

奇怪？难道没有衍生的技能或进化技能吗？

呃，这样会不会有点过分？

毕竟“探知先生”让我花费了这么大的功夫。

诚然，它已经给我带来了巨大的收益，但如果可以的话，我希望它能再给我多一点东西。

可能它还是没办法让我战胜地龙，但我希望它至少能让我可以在地龙面前轻松逃脱。

真的什么都没有了吗？

“沙……沙……”

嗯，刚才那是什么声音？

是我多心了吗？

算了，强求不存在的东西没有意义——

让自己变强才是最简单明了的解决之道。

只要以后也继续提升实力，绝不骄傲自大，或许在那种敌人面前，我也能够全身而退。既然如此决定，那就继续努力变强吧。

首先是提升人物等级。

我决定今后也要积极狩猎魔物。

再来是提升技能等级。

提升技能等级这种事，可以一边行进一边做。

“鉴定大人”是这样，“探知”也是这样，“预知”和“思考加速”也是这样。

虽然“探知”本身已经满级，但使用“探知”会带动不少技能提升等级，在把所有技能都提升到满级之前，我就一直开着“探知”吧。

另外，其他能在非战斗时锻炼的技能也都练一练吧。

最简单的就是五感强化系的技能。

只要在走路时定眼凝视，或是一边闻着味道一边走路，就能赚取对应技能的熟练度。

我记得有不少技能快要满级了，那先就从那些技能开始练习吧。

还有一件事。

这件事不能在走路的时候做，必须静下心来好好研究。

那就是“魔力操纵”的练习。

认真回想一下，只要能赚到熟练度，即使不支付技能点数，也可以取得技能。

既然如此，那我就可以把技能点数用在完全不知道该如何赚取熟练度的“邪眼”上，然后自己想办法取得“魔力操纵”。

拜“探知先生”所赐,“魔力感知”的问题已经解决了。

现在，我只需要集中注意力，就能把握住魔力的流向。

接下来只要我能想到办法去操纵这些魔力，或是努力地尝试去操纵，就能赚到熟练度并取得技能……大概吧。

一旦顺利地取得了技能，之后就是期盼已久的魔法练习了。

但有件事情千万不能忘记，我的目的是穿越这个中层，回到上层。

不管是提升技能还是提升等级，都不过是在这个过程中顺便做的事。

所以，我没有必要特地为这些事停下脚步。

顶多就是在条件允许的情况下，在走路的同时顺便练习。

这个中层只是个中转站，不是我要停留的地方。

千万不能忘记这件事。

熟练度达到一定程度。技能“思考加速LV3”升级为“思考加速LV4”。

熟练度达到一定程度。技能“预知LV3”升级为“预知LV4”。

很好。在称号“傲慢的支配者”的影响下，精神系技能的升级速度变快了。

就这样继续提升等级吧。

在得到“忍耐的支配者”称号后，抗性系技能的升级速度应该也变快了，但我不想主动去锻炼这些技能。

虽然只要用“毒合成”来攻击自己，就能提升“猛毒抗性”和“麻痹抗性”。用“万能丝”则可以提升“斩击抗性”“打击抗性”“破坏抗性”和“腐蚀抗性”，甚至是可能存在的“冲击抗性”，但这些事情要等我找到合适的居住环境之后再考虑。

那些事情不适合在这个会让恢复速度变慢，而且没办法好好休息的中层做。

若条件允许，我很想尽早提升能力值强化技能的等级，但这也是应该等到生活环境安定下来之后，再慢慢执行的事情。

如果能在战斗中提升那些技能的等级自然是最好，但事与愿违，想让技能升级，只能去锻炼自己的身体。

不过，要是有那个时间和体力，还不如多走几步。

当下还是先从走路时也能提升等级的技能，还有五感系的技能开始练起吧。

“视觉强化”已经到了等级9，很快就要满级了，我就先锻炼这个技能吧。

完成进化并开始攻略中层后，已经过了一段时间。

我把盯上的魔物全部收拾掉，人物等级因此提升了不少。

糟糕，有点开心，能力值的提升幅度好像有点大呀。

不愧是号称拥有强大战斗能力的种族，我的各项能力值都大幅提升了。

平均算起来的话，大概都提升了20点吧。

即使排除掉因为“傲慢”的效果而增长的数值，以及各种能力值提升技能的效果，这样的结果依旧相当惊人。

如果我能像这样继续提升人物等级，说不定就能彻底解决能力值偏低的问题了。

人物等级的部分大致就是这样，技能的部分也有相当大的提升。

在“视觉强化”方面，虽然我一直努力地四处张望，但技能等级依旧迟迟没有提升。

无论什么技能，一旦等级提升到9，想要继续升级都不是一件容易的事。

其他技能倒是提升了不少！

首先，“无声”提升到了等级3。忍者气息提升！

还有，“思考加速”和“预知”也都提升到了等级5，回避率提升！

“火抗性”也升了一级，终于来到了等级3。

这个技能的升级速度应该在“忍耐”的影响下变快了，但我还是觉得花了不少时间。

我到底有多害怕火啊？话说，我都已经进化成其他种族了，为什么还是这么怕火？

说不定除了火以外的抗性都改变了。

但现在没办法测试，我也无从得知就是了。

在以前，我的防御力和没有差不多，即使抗性稍有变化，其实也没什么区别。

不过，既然防御力会随着等级提升而增加，那搞清楚自己有什么弱点或许是件好事。

除了火属性之外，说不定我还有其他的弱点，但即使真的有，我也没办法确认就是了……

最后是“平行思考”。

这个技能在提升到等级10后进化了。

新技能的名称叫“平行意识”!

这是个非常方便的实用技能。

这个技能一如其名，能让我的意识增加。

“平行思考”能让人用同一个意识同时去思考好几件事情，而这个“平行意识”则是将意识分割成两份，有点像是双重人格那样。

虽然两份意识都是我的，却能分别使用各自的意识去思考。

而且还同时具备过去的“平行思考”能力。

感觉就像是思考能力变成了两倍一样，超级方便。

每个人在孩童时期……不，就连每天被时间追着跑的大人也一定幻想过，要是还有另一个自己的话，那该有多好，而这个技能正好就能实现那个愿望。

无论是谁，都曾经幻想能让一个人格专门负责读书工作，另一个人格专门负责玩耍。

不过，因为两个人格同属一人，所以只要有其中一方偷懒玩耍，另一方自然不可能忍气吞声。

尽管如此，这个技能能把以前只由一个人负责的工作分成两份，还是让我变得相当轻松。

只要技能等级提升，平行意识的数量说不定还会增加。

但是，操纵身体的工作只能由其中一个意识来负责。

因此，我让其中一个意识负责操纵身体，另一个意识负责整理“鉴定大人”和“探知先生”收集来的情报。

通过像这样的分工合作，任何一个意识的工作量都会减轻，还能在自己负责的工作上更加专注。

练习过武术的人或许就能明白，在实际过招的时候，人很容易忽略周围的情况。

那应该是极度专注和紧张所造成的结果。

不过，如果能像这样把一个意识分割开来，各自负责不同的工作，这种问题也就随之消失了。

只要像这样—— 一个意识负责收集情报，一个意识负责操纵身体，那就没有问题了。

因此，拜托你了，身体部长！

交给我吧，情报部长！

还可以像这样自己和自己对话。

因为两个意识都是我，所以两者能完美地共享情报。

这些意识没有主从之分，它们都是我。因为我是我，所以还是我！

嗯，真是莫名其妙呢。

我是不在意啦，但有些人可能会因此迷失自我的定义。

例如分不清哪一个意识才是真正的自己，从而导致迷失自我什么的……

很有可能……还是说，因为我比较特殊，能够正常运用这个技能，所以不会有这种事？

在情报部长忙着思考这些问题时，身体部长在不知不觉间就击败魔物了。

干得漂亮啊，我。

没这么厉害啦，我。

这次，我尝试着用了一下新取得的“腐蚀攻击”，但这招根本派不上用场。

虽然攻击力真的很高。

明明只有等级1，威力却强得惊人。

甚至可以说是强过头了！魔物仅仅挨了一击就化为尘埃了啊！这太奇怪了吧？

所谓的“腐蚀”原来是这个意思吗？难道不是慢慢变腐烂才对吗？

这哪里是“腐蚀”了，根本就是“风化”了吧。“掌管死亡与崩坏的属性”……太可怕了！

等级1就已经拥有这么强的威力……

要是等级继续提升，这个技能到底会变成怎样啊？

至于我说这个技能派不上用场的原因，主要有两个。

第一，这样的攻击会连魔物的尸体都消灭掉。也就是说，食物也没了。

当然，赚取经验值是很重要的一环，可一旦使用这招，我狩猎魔物的另一半目的就无法达成了。

这可不行，在各种意义上都不行。

至于另一个原因，那就更加严重了——

这招也会对我造成伤害。

我看了看带有“腐蚀攻击”效果的镰刀——刀刃变得破破烂烂的。不仅如此，连我的HP也减少了。

这是自爆攻击吧！

就是这么回事！虽然这招威力强大，但代价也很惨重。

如果是在拼尽全力的激战中，这招倒是还有用武之地。但在对付其他小喽啰的时候，还是不使用比较好。

特别是在如今还留在中层的期间，HP自动恢复的速度很慢。

唉……这把镰刀要花多久才能恢复啊？

虽然我也差不多快要升级了，那时候自然而然就会恢复，但如果非得等到升级才能恢复，那我下一场的战斗可能就没办法使用镰刀了。

也罢，就算没有镰刀，我也还有“毒合成”。只要不是像鳗鱼那样的强敌，影响应该不会太大。

再说，虽然我最近开始使用镰刀，但在这个中层，我的主要武器还是“毒合成”。

毕竟对中层的魔物使用物理攻击的话，我自己也会受伤。

虽然使用镰刀能锻炼“斩击强化”之类的技能，但如果会因此受到伤害的话，还是免了。

而且如果用镰刀砍死魔物，内脏会掉出来，那就不方便食用了。

所以，身体部长，下一只猎物就用“毒合成”解决吧。

好，我明白了，情报部长。

哈哈，“平行意识”真是方便。

要是还能有两个身体，我就能使出梦幻般的“影分身”了。

啊，但这样一来的话，就变成两边都是本体了，不管哪边被干掉都是损失啊。

啊……我可不想那样。

虽然只要有一边还在，我就能活下来，但那不就等同于模拟的死亡体验吗？

嗯……我可不想有那种体验。

虽然我八成已经体验过一次了，但因为我早就忘了，所以不算。

因此，身体部长，拜托你千万别做出那些可能会害死我们的举动啊！

不不不，情报部长，再怎么说我也不可能那么做吧。

我想也是。

熟练度达到一定程度。技能“视觉强化LV9”升级为“视觉强化LV10”。

满足条件。从技能“视觉强化LV10”衍生出技能“望远LV1”。

太好了！“视觉强化”终于满级了。

“视觉强化”的满级奖励是衍生出新技能啊……

赶快鉴定一下“望远”的效果吧。

望远：能够放大远方的景象。

啊……和名称一模一样的效果啊……

嗯，有点微妙。

五感强化技能的效果都很不起眼，衍生出来的新技能也同样很不起眼。

总之，先发动试试。

就是这样，身体部长，发动“望远”吧！

同意要求。“望远”发动！

哦？哦哦？哦哦哦！

这个技能很厉害啊！说它不起眼是我错了。

我的视野中同时显示出了经过“望远”放大的画面，以及我原本视野的画面。

我本来还以为整个视野都会像望远镜那样被放大，但这个技能似乎只用一颗眼珠就可以发动。

一般来说，同时看到完全不同的视觉情报应该会让人感到混乱，但我实际上有两个意识，所以没有关系。

只要让两个意识分别去处理这些情报，就一点都不会感到混乱。

因为目前“望远”的技能等级还很低，画面的放大倍率还不是很高，能看到的地方也不远，但只要等级提升，也许会变得相当实用。

例如说，我可以用“探知”找到敌人潜藏的位置，然后一边用“望远”凝视该处，一边用原本的视野对周围保持警戒。

嗯嗯，这个技能似乎也是被动技能，不需要消耗MP之类的东西。

既然技能效果如此实用，那我就一直开着“望远”来提升技能等级吧。

不好意思，可以在你兴奋的时候打扰一下吗，情报部长？

什么事，身体部长？

我在“望远”的画面中发现猎物了。

哦？马上就派上用场了啊，真是个可爱的家伙。

要解决那家伙吗？

这还用问吗？

了解。

于是，我迅速冲向敌人。

在使用过“腐蚀攻击”后，镰刀就无法使用了，所以我用“毒合成”在敌人身上洒下了蜘蛛猛毒。

魔物的HP瞬间见底——蜘蛛猛毒的威力依旧可怕。

经验值达到一定程度。个体——死神之镰从LV2升级为LV3。

各项基础能力值上升。

取得技能熟练度等级提升加成。

熟练度达到一定程度。技能“视觉领域扩大LV2”升级为

“视觉领域扩大LV3”。

熟练度达到一定程度。技能“生命LV9”升级为“生命LV10”。

满足条件。技能“生命LV10”进化成技能“身命LV1”。

取得技能点数。

哦，等级刚好提升了。

镰刀也在脱皮后恢复。

而且终于有一个能力值提升系的技能进化了。

得赶紧鉴定一下。

身命：技能等级的数值乘以10后加到HP里。此外，等级提升时会额外奖励能力值增长，增长幅度等同于该等级的数值。

果然如此……这是和“刚力”同一个系统的技能吧。

也就是说，只要完成进化，其他的能力值强化系技能也能变成带有成长奖励效果的技能。

如果条件允许，我想尽快提升这些技能，但还是等到离开中层之后再说吧。

真想早点抵达安全的地方。

然后，久等的一刻终于到来了！

人物等级提升让我获得了100点技能点数！太棒了！

在我进化之后，每次升级都能得到50点技能点数。

以前只能拿到20点，现在能拿到50点。

拜连升两级所赐，我拿到了100点技能点数。

这样很好，就是不晓得传说中的邪眼系技能上架了没？

诅咒的邪眼（100）：对视野内的对象造成诅咒属性的伤害。

死灭的邪眼（100）：对视野内的对象造成腐蚀属性的伤害。

麻痹的邪眼（100）：对视野内的对象造成麻痹属性的伤害。

石化的邪眼（100）：对视野内的对象造成石化属性的伤害。

不悦的邪眼（100）：对视野中的对象赋予外道属性“不悦”的效果。

幻痛的邪眼（100）：对视野中的对象赋予外道属性“幻痛”的效果。

狂暴的邪眼（100）：对视野中的对象赋予外道属性“狂暴”的效果。

魅惑的邪眼（100）：对视野中的对象赋予外道属性“魅惑”的效果。

催眠的邪眼（100）：对视野中的对象赋予外道属性“催眠”的效果。

恐惧的邪眼（100）：对视野中的对象赋予外道属性“恐惧”的效果。

唔哇……真的上架了呀……

之前的列表里明明没有这些技能的。

说起来，邪眼的种类还真是多啊，我要在里面选一种吗？有点烦恼。

情报部长啊……

什么事，身体部长？

我们要不要多取得几种邪眼？

咦，什么意思？

你知道吗？我们有八颗眼珠哟。

那又怎样？

换句话说，我们最多可以同时发动八种邪眼，不是吗？

你是天才吗！

哼哼哼……没错，本小姐就是天才。

真的假的……原来我是天才啊！天才不管做什么事情都会被允许的，对吧！

没错没错。你不觉得同时发动八种邪眼很狂吗？

狂……太狂了。未来充满了希望啊！

因为“望远”已经占用了一颗眼珠，所以只剩下七颗眼珠。

考虑到还得保留正常使用的眼珠，所以最终剩下六颗。

是啊，那这次就先选择一种，然后剩下的五种等以后再慢慢取得,OK？

OK,OK。那么，身体部长，你觉得哪个邪眼比较好？

我觉得这次应该选择我们还没有的属性，也就是“诅咒”或“石化”。之所以不选外道系的邪眼，是因为比起魔物，它更像是用来对付人类的。

这样的话，我个人觉得“诅咒”要比“石化”好。在上层对付石化蜥蜴的时候，我就已经体验过“石化”的威力了——等待技能起效的时间太长了。

当然，如果技能效果顺利发动,“石化”的威力会比“诅咒”更强大，但这次还是应该保险点，选择“诅咒”吧。

真不愧是我，就是懂行。

既然如此决定，那就取得“诅咒的邪眼”吧。

诅咒:削弱各项能力值，同时削减HP、MP、SP三项数值。

我得到“诅咒的邪眼LV1”啦！万岁！

好不容易取得邪眼，现在缺一只用来试刀的魔物。

既然如此，那就从“探知先生”的情报中寻找疑似魔物的东西吧。

嗯……嗯嗯嗯……那边好像有什么东西。

因为还有一段距离，所以我无法掌握准确的情报，但那家伙似乎爬上陆地了。

来得正好，就用这家伙做实验品吧。

啊，是进化版的青蛙。

这家伙虽然进化了，却有着令人怀念的青蛙外形。

虽然并没有感觉变得很强，但它已经可以适应这个中层的环境了，毕竟它连“炎热无效”的技能都取得了。

还有，住在这个被岩浆照得一片明亮的地方还拥有“夜视”技能，我想它八成就是来自上层的魔物。

因为上层和下层都是一片漆黑的世界。

也许会有魔物不小心从上层闯进来，然后不得不顺应环境进行进化。

但我希望不要有下层的魔物跑来中层。

要是那些家伙完成了适应中层的进化，那就太可怕了。

此外，我在看到这只青蛙的技能时发现了一件事——我一直以为它是在吐口水，但那其实是我也经常使用的“毒合成”。

青蛙似乎是用“射出”技能来发射出毒水球的。这个技能好像不错，我也想要。

这样一来，我就能制造出远比吐口水要强大的“毒弹”了。

不晓得用力“射”出蜘蛛丝，能不能赚到“射出”技能的熟练度？

在你这个情报部长想着无聊事情的时候，我已经用麻痹毒定住青蛙了。

啊，身体部长干得漂亮。

这样我就能放心进行“诅咒的邪眼”的实验了。

好，发动邪眼！

嗯，看来已经顺利发动了。

不晓得效果如何？哦……哦哦……

青蛙的HP、MP和SP都在慢慢减少。

只有等级1的话，三项数值的下降速度都不怎么快啊。

虽然黄色和红色的SP都会减少，但黄色SP恢复速度较快，所以没什么效果。

如果技能等级提升，下降的速度或许会比恢复的速度要快。

不知道能不能让敌人一直处于喘不过气的状态……如果可以就太无赖了。

啊，不过，在此之前，敌人应该会先耗尽HP吧。

毕竟HP和SP在数值上差不了多少。

哦，能力值也降低了。

在数值旁边，出现了“削弱中”这样的信息。

不仅如此，那里还出现了显示最大值的括号。

哦哦……原来敌人被降低能力值之后，会以这样的形式显示出来啊……

只要看到这些标示，就能一眼看出敌人中了什么攻击。

真不愧是“鉴定大人”，做起事来一点漏洞都没有。

对了，这个“邪眼”并不是无消耗的被动技能，所以我的MP减少了。

不过，MP的减少速度也不是很快，大概是十秒减少1点。

因为青蛙是五秒减少1点HP，所以效率还算不错……吧？

结合我现在的情况，“邪眼”至少能发动五十分钟以上，只要这么一想，我就觉得性价比还算不错。

毕竟只要等级提升，“邪眼”的威力就会随之增加。

啊，青蛙身上的麻痹效果消失了。

我才刚这么想，身体部长就在青蛙身上又使出了一次“毒合成”。真不愧是我，反应真快。

嗯……虽然HP之类的数值仍在逐渐减少，但能力值的下降速度变慢了。

在下降到原来的一半之前，各项能力值的下降速度都和HP的差不多，但之后就几乎不会下降了。

难道能力值存在着降低的底线吗？

仔细想想，这也是理所当然的事。

要是能力值会一直降低下去，说不定会出现防御力变成零的状况——

那根本就是张纸了嘛。不，那已经脆弱得连纸都算不上了。

不过，如果能让能力值降低一半，效果也算是相当明显了。

对青蛙之类的小喽啰使用显然是浪费了，但如果能让像鳗鱼之类的强大魔物能力值减半……

毕竟比起技能，魔物在战斗时更加依赖能力值，所以削弱能力值就等同于大幅度削弱了敌人。

如果鳗鱼的能力值减半，那就和鲇鱼没什么区别了。

这技能很有可能成为我日后对付强大魔物的王牌。

看来以后得优先提升这个技能的等级。

嗯，奇怪？青蛙死掉了！

它的HP应该还有不少啊！

这是为什么？

啊，在HP耗尽之前，红色的SP先耗尽了。

原来是这样……只要红色的SP见底，HP就会开始急速减少。

好可怕！

唔哇……那刚完成进化的时候，我不是相当危险吗？

有饭吃真是太好了。

虽然在“过食”技能的影响下，我很少会遇到红色SP耗尽的状况，但以后还是注意一下吧。

总之，“诅咒的邪眼”相当实用。

要不要在MP充足的时候发动“邪眼”，以赚取熟练度呢？

嗯，为了以防万一，我决定留下至少一半的MP，然后把其他MP全部拿去锻炼“邪眼”。

对了，走路的时候也可以发动“邪眼”。

可是，这个“邪眼”不管怎么看，都是一种魔法吧？

不仅MP会减少，还会发生无视物理法则的不可思议现象。

但真要说的话，其他技能也一样就是了。

魔法和其他技能的差别到底在哪里？

难道是那个吗？也就是视觉效果？

“邪眼”的效果确实很不起眼，不依靠“鉴定大人”的力量就看不到……

真要说起来的话，魔法给人的第一印象不就是华丽夺目的视觉效果吗？

嗯，视觉效果很重要呢，我果然还是想学会使用魔法。

虽然“诅咒的邪眼”也算是远距离攻击，但和我当初想要的东西有点不一样，它属于持续型的技能。

我最想要的，是“发射！命中！击沉！”这种简单明了的远距离攻击。

“诅咒的邪眼”确实很厉害，但如果能再加上射击魔法，不就更棒了吗？

不错，这样感觉不错。

嗯，我还是继续以学会魔法为目标吧。

在下是身体部长。

我还没有名字。

这次希望大家听我抱怨一下情报部长的事情。

那家伙是个白痴。

前阵子，为了学会“射出”，她居然说出了“来练习将蜘蛛丝发射出去吧！”这样的话，然而实际尝试的结果，就是丝飞得比想象中还要远，就这样掉进了岩浆里。

火差点就烧到我身上了。

要是我没能及时将丝切断，早就变成一团火球了。

总之，那家伙隔三差五地就像这样抛出莫名其妙的提案，结果都没有什么好下场。

按照那家伙的提案去做的事情，没有一件是成功的。

虽然每次都兴致勃勃地跑去执行的我也有问题……

但她就不能想一些更好的提案吗?

只要认真想一想，不就能知道哪些行得通，哪些行不通吗?

她的工作明明就是认真思考啊，为什么不懂得深谋远虑?

白痴吗?

她就是白痴吧。

所以作为身体部长的我必须振作一点。

毕竟我的行动直接攸关我们的生死。

喂，身体部长。

干吗，情报部长?

能不能把“邪眼”和“望远”结合起来啊?

你是天才吗!

哼哼哼……没错，本小姐就是天才。

真的假的……原来我是天才啊！天才不管做什么事情都会被允许的，对吧！

没错没错。你不觉得利用“望远”在远距离发动“邪眼”很强吗？

强……太强了。未来充满了光明啊！

既然如此，那就快点去寻找猎物吧！

呀哈！

在下是情报部长。

我还没有名字。

同时发动“望远”和“邪眼”的实验失败了。嗯……

毕竟如果能办到那种事，就和作弊一模一样了，所以也确实没有办法。

拜一直发动技能所赐，“望远”都升到等级5了。

比起等级1的时候，能够看到的距离和放大倍率都增加了。

如果还能加上“邪眼”的效果，应该可以变成相当不错的远距离攻击……真是遗憾。

可是，“邪眼”这东西真的相当实用。

因为我的MP相当充足，所以一直开着“邪眼”，到现在已经升到等级3了。

技能升级的速度是有点慢……

但没关系，即使在攻略中层的过程中，我的MP也经常处于过剩状态，所以一直开着没有问题。

我还发现了“邪眼”的一项特性，那就是在“邪眼”发动的时候，视野不会有变化。

虽然没办法和“望远”一起发动，但“视觉强化”之类的效果还是管用的。

如果在“邪眼”发动时还能保持正常的视野，那就没必要特地保留不发动“邪眼”的眼珠了。

同时发动八种“邪眼”也不再是梦想。

此外，属性附加技能无法让“邪眼”追加额外效果。

我用“毒攻击”做过测试，但毫无效果，真是可惜。

不过，这和“望远”的情况一样，要是真的能实现就太乱来了，所以失败也是意料之中的事。

如果能把“猛毒”加在“邪眼”上，我光用眼神就能杀死敌人，连某个号称能看见死亡的魔眼都要自叹不如。

毕竟只用眼神就能对敌人造成伤害，并且还附带能力值降低效果，这已经是接近犯规的技能了，还想要有更多的效果就太贪心了。

然后，我还尝试过让八颗眼珠同时发动一种“邪眼”。没想到，这件事居然是能够实现的。

只不过，效果没有任何改变。

我是觉得同时用八颗眼珠发动“邪眼”，威力变成八倍也很合理，但并没有这种好事。

虽然对“邪眼”没用，但在发动“望远”的时候，这个技巧还是挺不错的。

它可以让我锁定不一样的地方，分别放大该处的画面。视用法而定，这种同时发动一个技能的技巧说不定会派得上用场。

然后，我想换个话题，是关于身体部长的事。

那家伙是个白痴。

前阵子，我在思考取得“射出”技能的方法，于是提议进行把蜘蛛丝发射出去的练习，然后那家伙就一边说着：“好啊，这是个好主意，马上试试看吧！”一边把蜘蛛丝发射了出去……她居然对着有岩浆的方向发射！

虽然那家伙说什么“因为蜘蛛丝飞得比想象中远”，但再怎么样也没有必要对着有岩浆的方向发射吧？

发射出去的蜘蛛丝自然是掉进岩浆里了。

在火焰沿着蜘蛛丝快速烧过来的时候，我都快急死了。

虽然身体部长在千钧一发之际将丝切断，最终没有酿成大祸，但要是慢了那么几秒，后果不堪设想。

总之，对于我想到的提案，那家伙总是像这样造成“状况之外”的结果。

啊，真要说的话，应该是比“状况之外”还要糟才对。

真是的……即使我能想到天才级的点子，但要是负责执行的身体部长不配合的话，不就毫无意义了吗？

只要稍微用脑子想想，不就能知道什么事情该做，什么事情不该做，不是吗？

难道她整天只顾着动身体，连思考能力都退化了吗？

白痴吗？

她就是白痴吧。

所以身为情报部长的我必须振作一点。

毕竟我的指示直接攸关我们的生死。

喂，情报部长。

干吗，身体部长？

我用“望远”发现魔物了。

真的吗？在“探知”的探测范围内没有发现魔物的踪迹啊。

呼呼呼。情报部长，你的存在感是不是变弱了啊？

开什么玩笑，身体部长，想提供比我更多的情报，没有一百颗左右的眼珠是办不到的哟。

哈哈哈……你也只能在现在说这种话了！给我洗干净脖子等着吧！

哼……虽然那一刻永远不可能到来，但是算了……有本事就爬上来吧！我就在这个遥远的山巅上等你！

呵呵呵……

呼呼呼……

对了，你想怎么处理那只魔物？

不用说也知道吧。

遵命。好啦，小子们！准备战斗吧！

呀哈！

我今天也在中层徘徊。

嗯……来到中层也有一段时间了，但始终没看到出口在哪。

真不愧是全世界最大的迷宫。

如果人类想攻略这种地方，应该得做好赌上一生的心理准备吧？

不过，我倒是攻略得很顺利就是了！

真不愧是我！

进化后，我的能力值提升了，技能也变得更加充实了。

我在中层应该已经所向披靡了吧？

如果这就是事实的话，回到上层后，我不就真的无人能敌了吗？

呵呵呵……虽然以前的我光是要活下去就已经筋疲力尽了，但现在的我一定没问题！

只要知道自己不会轻易死去，在这个世界里生活就像在玩游戏一样，感觉有点意思。

熟练度达到一定程度。技能“鉴定LV9”升级为“鉴定LV10”。

哦？哦哦？哦哦哦！

终于……“鉴定大人”终于满级了！

唔哇！我好开心！

作为第一个取得的技能，与我同甘共苦的“鉴定大人”终于……终于变成完全体了！

刚开始时，“鉴定”一点用处都没有。

但每次升级时，它都会增加微妙的新功能。

看着这个技能变得越来越实用，我也备感喜悦。

“鉴定小姐”脱胎换骨后，变得相当厉害。

尽管一开始被我嫌弃，但你还是那么努力——

最终成为被众人认同的“鉴定大人”。

这样的你也终于……终于，唔哇啊啊啊！

太好了，你干得太好了。我好感动！

谢谢你，“鉴定大人”！以后也请多多指教了，“鉴定大人”！

不过，“鉴定”满级之后没有进化技能或衍生技能啊……

不，我倒不是十分在意这个问题。

光是能把“鉴定大人”提升至满级，就已经是很厉害的事情了。

不过，我还是有点期待她能继续进化，变成“睿智的掌管者”什么的。

想多了吗？我还以为“鉴定大人”可能会有呢。

令人失望啊。

真的没有吗？

“沙……沙……沙，沙，沙……”

这种像电视噪声的声音是什么？

咦，怎么回事？

“沙……理者沙……沙……驳回，沙……”

总觉得有些不妙。

虽然我不知道是什么事情不妙，但我就是如此觉得。

“沙……哔！”

比起之前听到的声音，听起来异常清晰的最后那“哔”的一声，让我的身体不由自主地抖了一下。

上位管理者D已经同意要求。

技能“睿智”正在架构中。

架构完毕。

满足条件。取得技能“睿智”。

“鉴定LV10”被整合为“睿智”。

“探知LV10”被整合为“睿智”。

熟练度达到一定程度。技能“禁忌LV7”升级为“禁忌LV8”。

满足条件。取得称号“睿智的支配者”。

基于称号“睿智的支配者”的效果，取得技能“魔导的极致”“星魔”。

“MP恢复速度LV4”被整合为“魔导的极致”。

“MP消耗减缓LV3”被整合为“魔导的极致”。

“魔量LV9”被整合为“星魔”。

“护法LV4”被整合为“星魔”。

啊，啊，啊啊啊啊啊啊？

不不不，奇怪，这样太奇怪了吧？

怎么回事？为什么会变成这样？我应该做出什么反应？

我要冷静。身体部长，先深呼吸一口气吧。

吸……吐……

很好。先整理一下状况吧。

首先，从我第一次听到那莫名其妙的声音的时候开始。

那声音是什么？不知道。

如果是平时，我会觉得一直想这些想不通的事情毫无意义，会就这样把疑惑丢到一旁，但这次不能这样做。

因为这明显是异常状况。

异常……没错，就是异常。

虽然在此之前，我一直认为这个世界就是如此，所以毫无顾忌地取得“技能”这种东西。

但如果在日本，有“技能”反而不正常。

仅仅因为“这个世界就是这样”这种廉价的想法，就把这当成是理所当然的事，真的可以吗？

直到刚才为止都可以。但是，现在不行了。

我刚才确实听到天之声（暂定）这么说过——

上位管理者D已经同意要求。

技能“睿智”正在架构中。

架构完毕。

这些话听起来就像是有人在监视着我，还根据我的抱怨创造出了新技能，不是吗？

如果事情真是这样，那犯人就是那位名为“管理者D”的人物。

还有，考虑到上位这个词语所代表的含义，名为管理者的人物应该并非只有这位。

那所谓的管理者到底是在管理什么?

那还用问,就是技能。

按照这个思路想下来,只能得到这个结论。

简单来说,这个世界的技能,都是那些自称管理者的家伙创造的东西。

他们的目的是什么?是怎么做到的?

我实在想不通。

虽然想不通,但只有这点我敢说——

这个世界的某些地方很不对劲。

一股寒意蹿上背脊。

这是有别于遇到地龙时的另一种恐惧,它正慢慢侵蚀着我。

那些名为管理者的家伙在看到我惊慌失措的时候,是不是正在偷笑?

好可怕。

我一直以来赖以生存的技能,现在就像是某只难以理解的怪物一样。

难道不是吗?

如果这些技能是管理者赋予我的东西,那我就等于是被他们玩弄在股掌之中。

毕竟我是靠着技能才存活至今的。

因为和游戏一样,所以有点意思?我是傻子吗?

连这个世界是按照管理者的想法被创造成这样都不知道,我居然还说出这种天真的话。

如果管理者真的在管理技能,那不就表示那些家伙像是在玩经营类游戏一样,观察着这个世界的运作吗?

如果真的是那样，那我不就是游戏里的其中一个登场人物而已吗？

管理者那样的家伙，简直就像神一样嘛。

我今后到底该如何是好？

该何去何从？

S5　支配者阶级

今天是课外活动的日子。

课外活动的内容，是在离学校不远的小山进行探索。

虽说距离不远，但如果要走路往返的话，得花上超过半天的时间。

而且，只有通过了校方测试的部分学生才有资格参加这次的活动。

在入学刚满一年的学生之中，被允许参加探索课程的人，只有包括我在内的十二个人。

当天，我们早上徒步从学校出发，在中午之前抵达了山脚。

之后，我们在山脚的小屋参加了说明会，还顺便吃了午餐。

吃完午餐后，我们按照小组进入小山。

接下来的行程是在山上探索，露营一晚，在隔天中午之前回到山脚下。

这座小山只栖息着危险度最低的弱小魔物。

在我们出发探索之前，校方聘请的人员已经踩过点，以确保没有强大的魔物。

毕竟即使是弱小的魔物，少数的个体也会通过进化而变得强大，所以这种工作绝对不可免除。

在探索中，学生们不仅可以锻炼基本的野外求生技能，还能见识到实际栖息着魔物的环境是怎样的。通过采集药草之类的东西，也可以学习到有关草药的知识。

平安地度过这一天，取得知识与经验——就是此次课外活动的目的。

因此，积极与魔物战斗反而会被扣分。

当然，在被袭击时使用适当的应对措施会加分，但主动跑去攻击魔物就是禁止和扣分的行为。

活动是分组进行的，每组由四名学生和一位老师组成。

小组成员是抽签决定的，只要不是小组之间的实力太过不平衡，编组就不会改变。

最终，我没能和苏、卡迪雅、悠莉分在一组。

而且还偏偏和由古同一组。

小组的成员有我、由古、前世是冈老师的菲莉梅丝，以及身为骑士儿子的帕尔顿这四名学生，而魔法课的欧利萨老师则是我们的指导老师。

我和帕尔顿的关系一般般，介于熟人和朋友之间。

帕尔顿的父亲原本只是男爵，因为立下不少战功，一直爬到了伯爵的地位。

帕尔顿也因此受到父亲的严格训练，拥有偏重物理系的技能组合。

他的实力在整个年级之中也算得上是相当强悍的。

尽管如此，他本人似乎还是对此不满意，每天都努力地锻炼自己，是个个性认真的少年。

因为他对我的态度就像是臣子应付君王，所以我们虽然会交谈，但交情并不深。

欧利萨是一位迈入中年的魔法课老师。

他是一位没什么干劲的老师，应付工作的态度非常明显。

他似乎还非常讨厌麻烦事，当我和由古被分到他负责的小组时，他居然露骨地皱起眉头。

由古讨厌我，这件事已经众所周知到这种程度了。

虽说如此，欧利萨毕竟是老师，战斗能力非常高。

即使技能组合偏重魔法，但他的近战能力并不弱，能力值也比学生要强。

因为在发生意外时，老师必须保护学生，所以会跟来参加这个探索课程的老师都不可能太弱。

可最令我感到意外的是，菲莉梅丝——也就是冈老师，居然会来参加这种课外活动。

老师经常旷课。

她似乎在偷偷地进行着某些活动，而且一直不告诉我们她在干什么。

连平日的普通课程都参加不了，想必她一定很忙。

而这么忙的老师居然会参加要整整花上两天的活动，我自然会感到意外。

话虽如此，但因为我和由古之间存在隔阂，如果她能陪在我们身边的话，也确实没有人比她更可靠了。

万一由古来找我的茬，冈老师应该会出面调解吧。

“那么大家先解散吧。吃完午餐后，就开始分组行动。”

负责带队的老师如此宣言后，说明会结束了。

“哥哥，我们要暂时分别了，我好寂寞啊。”

“苏，才一天而已，你太夸张了。”

“一天也已经很严重了。只要想到哥哥可能会在我看不到的地方遭逢意外，我晚上就担心得睡不着觉。”

“你放心，这座山已经确保过安全问题了，不会发生什么意外啦。”

为了让苏安心，我轻抚她的头。

“俊，你要小心提防由古。自从来到这个世界后，那家伙的脑袋似乎就变得不正常了。”

“我知道的。”

卡迪雅在离别时的小声叮嘱，此时正在我的脑海中回响。

脑袋不正常啊……

的确，现在的由古看起来就像是自我显示欲的集合体。

他把许多有潜质的男生收为部下，整天忙着巩固自己的老大地位。

说得难听一点，他那副模样，就是个山大王。

前世的他就已经有点幼稚任性了，在转生之后，这个缺点似乎变得更加严重了。

真希望他不要因为一点小事就发飙。

我的担忧暂时没有应验，课外活动相当顺利。

我们没有遇到魔物，安全地抵达了预定的露营区。

“修雷因大人，这里就是露营地点吗？”

“没错，看来我们比预定的时间还要早到达啊。”

“这是因为男孩子的体力都很好呀，身为女生的我要跟上你们，实在太辛苦了。”

“无聊，冈姐的能力值也相当高吧？怎么可能这样子就受不了。”

“即使知道是这样，你也应该假装不知道，然后送上关心的话语。我觉得，温柔体贴是成为好男人的必要条件哟。”

“我可不想成为看女人脸色过活的男人。”

“啊，霸道总裁系的男生其实也不错。”

在由古和老师如此闲聊的同时，我和帕尔顿开始准备露营。

欧利萨老师只是默默地看着我们。

“修雷因大人，可以帮我拿着那边吗？”

“嗯，可以啊。这样吗？”

“是的。再来只要像这样把这边弄好……”

“嗯，完成了。谢谢你，帕尔顿。”

“哪里，原本应该是我一个人负责准备这些东西的，结果却要劳烦修雷因大人出手帮忙……”

“帕尔顿，在学校里没有身份地位之分，所以你没必要这么客气。”

“身份确实是原因之一，但我个人也很尊敬修雷因大人，所以这是我自愿做的事情。修雷因大人才是，请不要因为我的行动而露出那种过意不去的表情。”

我完全无法回应帕尔顿那率直的视线。

我的妹妹苏也是一样，我到底有哪个地方值得让人如此尊敬了？

真是不可思议。

完成露营的准备之后，因为我们比预定时间还要早抵达，所以多出了点空闲的时间。

既然有空闲时间，我们便决定在附近稍微晃晃。

大家分散行动，开始进行探索。

因为单独行动的提议遭到反对，所以我们决定绝不离开能听到彼此声音的范围。

如果是这样的话，不管发生什么事，附近的成员都能马上赶到。

然后，我一个人来到了山中。

如果能靠自己的力量采到药草，就能给自己加分。

我一边发动“鉴定”，一边寻找指定的药草。

就在这时，我听到了刀剑互砍的声响。

声音是从在附近探索的帕尔顿那边传来的。

不晓得是因为对方的剑经过特殊加工，还是因为对方本人拥有“无声”技能，总之那声音极为细小。

不过，拥有“听觉强化”的我清楚听见了那些声音。

我连忙冲向帕尔顿的所在之处，却被挡在面前的人阻止了。

那人就是由古。

“嗨，你好呀。”

“你想做什么？由古……不，夏目。”

面对一脸轻松地向我搭话的由古，我用紧张的声音问道。

“这个嘛……我觉得差不多该让你退场了。”

由古若无其事地说出令人难以置信的话。

我不由自主地吞了吞口水。

“你在开玩笑吧？”

“我看起来像是在开玩笑吗？你太碍眼了。”

一瞬间，笑容从由古脸上消失了。

“这个世界因为我而存在，我会成为最强之人君临天下。可是，要是这个世界还有跟我一样，甚至比我更强的家伙，那不就太奇怪了吗？”

“你在说什么傻话？这个世界不是任何人的东西，你快醒醒吧。”

“我很清醒。这里可是只要有技能，就能办到任何事情的梦幻世界哟——简直就是只为我存在的世界嘛。所以说，这个世界不需要像你这样的家伙，去死吧。”

由古拔剑了，我也不得不拔剑。

难以置信……这家伙是认真的吗？

我知道他讨厌我，也知道这次的课外活动很可能出什么意外，但我真的没想到他居然会因为这种理由想除掉我。

他是认真的吧？

我知道这不是玩笑。

明明知道，却依然没有真实感。

心脏正在猛烈跳动，跳动的声音仿佛直接在耳边响起一样，握着剑的手也开始微微颤抖起来。

我拼命让混乱焦急的心冷静下来，同时看向由古的能力值。

人族LV31　姓名　由古·邦恩·连克山杜

能力值　HP：628／628（绿）　MP：566／566（蓝）

SP：609／609（黄）　SP：502／611（红）

平均攻击能力：608　平均防御能力：599

平均魔法能力：546　平均抵抗能力：522

平均速度能力：583

技能

"HP自动恢复LV4"　"MP恢复速度LV4"　"MP消耗减缓LV4"

"SP恢复速度LV8"　"SP消耗减缓LV8"　"破坏强化LV7"

"斩击强化LV7"　"打击强化LV4"　"火焰强化LV4"

"魔力感知LV8"　"魔力操作LV5"　"魔斗法LV5"

"魔力附加LV4"　"魔力击LV2"　"气斗法LV7"

"气力附加LV7"　"气力击LV7"　"火焰攻击LV3"

"麻痹攻击LV2"　"剑的才能LV6"　"投掷LV5"

"立体机动LV6"　"命中LV8"　"闪避LV8"

"隐秘LV3"　"无声LV1"　"帝王"

"集中LV9"　"预测LV3"　"演算处理LV3"

“火魔法LV5” “破坏抗性LV2” “打击抗性LV2”
“斩击抗性LV3” “火抗性LV3” “毒抗性LV2”
“麻痹抗性LV1” “疼痛抗性LV1” “视觉强化LV10”
“望远LV1” “听觉强化LV10” “听觉领域扩大LV1”
“嗅觉强化LV8” “味觉强化LV7” “触觉强化LV8”
“身命LV5” “魔藏LV4” “瞬身LV5”
“耐久LV5” “刚力LV5” “坚牢LV5”
“道士LV4” “护符LV3” “缩地LV5”
“n%I=W”

技能点数:350

称号

“魔物杀手”

好强。他正好和我相反，能力值偏重物理系。看来，他确实有一定程度的实力。

而且，这家伙有一点和我不一样——他很积极地使用技能点数取得技能。

其中最为棘手的，是“帝王”技能。

帝王:提高技能的效果。此外，能以自身的气魄赋予对方外道属性“恐惧”的效果。

恐惧效果什么的，我还有办法处理。

但提高技能效果这个东西简直就是犯规嘛。

由古挥剑砍来。

我只好挥剑迎击。

呜……好重！

“哼，我早就知道了。你几乎没有使用过技能点数取得技能，对吧？而且也没有提升过等级。所谓的点数，就是要使用才有意义的！像这样！”

这时，由古的剑迸发出火焰。

我在千钧一发之际避开了攻击。

“要是战斗太过激烈，说不定会被其他组的家伙发现，所以你赶快受死吧！”

“你觉得做出这种事之后，不会被惩罚吗？”

“放心放心，我可是这个世界未来的主人啊。不管做什么都肯定会被原谅的，不是吗？再说，我安排好了善后工作——我的手下现在应该正在解决其他人。等到把你解决掉之后，我会放出偷偷带来的魔物。那是本不应该出现在这里的强大魔物。可怜的学生和老师都被突然出现的魔物吃掉了，而我却击败了那头魔物，成功生还。这就是我写的剧本。”

“这种计划破绽百出，你哪来的自信不被告发？”

“谁？被谁告发？这里又不是日本，而且我还是未来的剑帝，即使现场有不自然的地方，谁敢对我有意见？让这件事变成国际问题真的好吗？不可能演变成那样吧。嗯，就是这样。别以为这里和日本一样，所有罪行都会被公之于世。”

由古那极端的想法让我哑口无言。

他居然能理所当然地接受那种想法也让我感到愕然。

“永别了，我会把你的事情记在脑袋角落里的。”

缠绕着巨大火焰的剑往下一挥。

可是，那把剑没能碰到我。

由古的身体被突然击飞了。

“夏目同学，你做得太过火了。”

冈老师就出现在那里。

与平时懒洋洋的声音不同，那是令人背脊发寒的冰冷语气。

娇小精灵的身躯散发出了不协调的、强大的气场。

“你的计划已经宣告失败，部下也全都被我抓住了。还有，你带来的魔物已经被我处理掉了。”

“什……什么！”

“你的心思好像全都放在俊同学身上了，这也未免太小看我了吧。不好意思，我不能放任你继续失控下去了。”

老师走向倒在地上的由古。

由古则趁机偷袭逐渐接近的老师。

“咕哇！”

突然，他被某种看不见的东西压倒在地上。

那肯定就是刚才轰飞由古身体的东西。

我想那八成是风系魔法。

老师伸手抓住由古的头，我感知到了那里有魔力在流动。

她似乎正在对由古施展某种魔法。

“我要发动支配者权限。通过支配者的要求，发动支配者专属技能。请问是否同意发动？”

“我同意。”

由古口中居然发出了一点都不像他的声音。

刚才的魔法……那该不会是被视为禁忌——属于“外道魔法”的“催眠魔法”吧？

让我惊讶的事情还不止这些，更令人惊讶的画面继续在我面前出现。

通过“鉴定”，可以看到由古的能力值正在逐渐降低。

甚至连技能也在不断消失。

转眼之间，由古的技能只剩下那个神秘的乱码技能。

“你对我做了什么？”

终于恢复神志的由古大声喊叫。

“降低你的能力值，剥夺你的技能。”

“什么？怎么可能办得到那种事情！”

“俊同学，鉴定结果如何？”

“老师说的没错，你的能力值全都低于30，而且也没有技能了。”

“什……什么……”

“这个世界不是你的所有物。我劝你好好反省一下，以后就去过普通的人生吧。即使取得技能变得强大，也不见得会有什么好事……”

由古整个人茫然若失，而我则是陷入了混乱之中。

之后，课程被迫中止。

帕尔顿和欧利萨老师都平安无事。

虽然情况危急，但多亏有冈老师出手相助，他们并没有受太大的伤。

袭击他们的人也全都被抓住了。

因为没人招出由古的事，由古本人也决定装傻到底。

虽然回到学校之后，院方会展开详细调查，但看这个情况，还是别太过期待了。

由古似乎确信自己能成功脱罪，也许他已经做好什么准备了吧。

我……不，不光是我，绝大多数的人在这时都只把心思放在由古身上。

因此，谁也没发现另一头魔物被悄悄放了出来，还偷偷地跟在我们身后。

8　睿智

睿智:通往成神之路的n%之力。能够取得存在于自身知觉范围内的一切事物的情报，但不得超过阅览权限等级1。此外，还能凌驾W的系统，得到对MA领域的干涉权。

睿智的支配者:取得技能“魔导的极致”和“星魔”。取得条件:取得“睿智”。效果:提升MP、魔法和抵抗等能力。增加魔法系技能的熟练度获取效率。取得支配者阶级特权。说明:赠与支配睿智之人的称号。

魔导的极致:对系统内的魔力加以辅助控制，以及将发动术式所需的各项能力值提升到极限。此外,MP的恢复速度加到最快，消耗降到最低。

星魔:让MP、魔法、抵抗等各种能力值增加1000点。此外，等级提升时会额外附加100点的成长奖励。

如果是以前，我应该会兴奋得不能自已吧。

不，我现在也觉得这技能很厉害，只是没办法由衷地感到开心而已。

呜……呜呜……呜呜呜……唔啊!

啊——真是的！还是别想这么多了！反正想破头也没用!

就算真的有那什么叫作管理者的家伙，我又能拿他们怎么样呢?

我不可能对他们怎么样吧?

我不过是区区一只蜘蛛，怎么对付得了那种和神差不多的家伙啊?

我什么都办不到。

所以说，我只需要像以前一样，随心所欲地过活就行了。

跟踪狂？偷窥狂？尽管放马过来吧。

虽然不晓得对方是管理者还是神明大人，但你们就尽管把我的一生深深烙印在脑海中吧。

我要活得像烈火般灿烂，然后华丽地谢幕！

让你们见识一下我的生存之道！

情报部长！

什么事，身体部长？

燃起来了！

哦，我的斗志也正在熊熊燃烧呢！

不是啦！是真的烧起来了！

什么？

我是说蜘蛛丝啊！

咦……啊……啊啊！

因为刚才在发呆，我忘记将丝切断，现在火已经快烧到身上了！

你在搞笑吗？既然有时间向我报告，还不赶快灭火！

熟练度达到一定程度。技能“火抗性LV3”升级为“火抗性LV4”。

好热！热死人了！快使出毒合成！动作快！

知道了。弱毒发动！

呜！我被麻痹了！

糟糕！现在的弱毒还带着麻痹的效果！

你在搞什么啊？

熟练度达到一定程度。技能“麻痹抗性LV4”升级为“麻痹抗性LV5”。

好热！好麻！

这样换来的升级一点都不值得！哇哇！HP快没了！

要死了！这下真的会死！

啊，HP变成零了。

不会吧！

“忍耐”发动！我要献上MP作为祭品，以HP等于1的状态复活！

哦哦！

但火还是没灭掉啊，HP马上又要归零了！麻痹状态还没解除吗？

再等一下……解除了！

这次我要合成不带麻痹效果的弱毒！还要把合成量设置为最大！

唔啊！一大块毒水掉了下来！

好痛。身体被压垮，HP又减少了。

但不管怎么说，火总算是灭掉了。

呃……嗯。反正知道了“忍耐”确实有效果，就结果而言应该还算OK吧？

一点都不OK吧？

认真的话你就输了。

话说，第一次耗尽HP，居然是因为这种事，是不是有点不知所谓啊？

认真的话你就输了。

也对……

刚才的意外让MP减少了一半啊。

要是没有“睿智”的话就死定了。

得到了“睿智”，真是太好了。

虽然事件的起因也是“睿智”就是了。

认真的话你就输了。

技能果然很方便呢。

就是说啊。

虽然不知道管理者是出于什么目的创造出技能并分发给大家，但能拿到的东西就该收下并好好利用，不是吗?

就是说啊。嗯。就这么办吧。

“睿智”技能的效果,应该是将“鉴定”和“探知”结合起来，然后稍微强化了一下。

光是这样，我就应该在称呼上加敬称了。得称呼它为“睿智大人”才行。

第一个被加强的地方，是能力值的鉴定结果中出现了“详细”这种东西。

只要在这个“详细”上进行双重鉴定，就能展开那项能力值的详细信息，这是一个非常棒的功能。

首先，是攻击力和防御力这两项能力值，不同的身体部位能看到不同的数值。

从那些数值可以推测出，镰刀部位是我身体上攻击力最强的地方，而防御力则是每个部位都差不多。

虽然整体的防御力偏低，但我的战斗风格本来就是以闪躲为主，只要不被打中，就没有任何问题。

速度的详细数值也是差不多的感觉，只是还进一步细分出了“反应速度”“爆发速度”和“持续速度”。

各个项目的数值还算平均，只有“爆发速度”比其他数值稍高了点。

然后是魔法。这个实在是有点乱来。

其中有“魔法攻击力”“术式展开速度”“术式安定度”和“术式强度”等项目，但除了攻击力以外，其他的数值全都是最高级别的。

居然有99999……这一点都不平衡吧！

先把这样的吐槽放到一边，我觉得这都是技能——“魔导的极致”所导致的效果。

这个技能的说明中写着“与术式有关的能力值都会升到最高”，我觉得这里一定有影响。

这简直就是在劝诱我使用魔法，对吧？

嘿嘿嘿。终于……我终于能使用魔法了吗？

糟糕，我好期待啊。

不过，通过“睿智大人”的效果，继续认真确认能力值的详细情况才是当务之急。

千万不能急。

最后是抵抗，在这些详细数据中，这是最重要的一个。

上面记录着我所拥有的一切属性与抗性，这样就能搞清楚我的弱点在哪里了。

我最大的弱点果然是火。

尽管我已经取得了“火抗性”技能，但在数值上依旧是最低的。

啊，顺带一提，只要拥有抗性系的技能，该抗性的数值就会提升。

除了火以外，我还有水、冰、光三个属性的弱点。

特别是冰，数值低得差不多要和火一个级别了。

虽然待在中层不会受到冰属性的攻击，但我还是牢牢记住这件事吧。

与“火抗性”相反，数值上最高的是“外道抗性”。也是，毕竟我已经获得“外道无效”了。

这个项目的数值也是99999。

第二名是“毒抗性”。

第三名则是出人意料的“黑暗抗性”。

这样就能搞懂我的弱点和长处了，而且这些结果好像能套用到攻击的层面上。

例如说，如果我要使用火属性的魔法，即使真的用出来了，效果也会变得很差。

相反，如果是我擅长的外道属性或黑暗属性的魔法，威力就会提升。

虽然这只是推测，但我觉得很有可能就是这样。

能力值的详细情况大概就是这样，而技能的详细信息现在也能看得到了。

具体来说，就是能看到熟练度的数值了。

因为提升至下一级所需要的熟练度也会一并显示，所以提升等级的效率似乎变得更高了。

顺带一提，即使是还没取得的技能，也能看到它的熟练度。

也就是说，即使没有技能点数，也会显示出技能列表。

这真是吓死人了，而且还是所有技能都已经开放的状态。

光是浏览这份列表，似乎就能花掉我一整天的时间。

其中还有那种一看就是绝对不想让人拿到的，需要消耗大量技能点数的技能。

虽然效果确实值回票价，但绝对拿不到。

我之前曾半开玩笑地对天之声（暂定）……天之声（暂定）这个称呼是不是该改一下了？

不，还是继续称呼它为天之声（暂定）吧。

啊，对了，我的话还没说完。

我曾经半开玩笑地询问天之声（暂定）有没有“不死”技能，结果这个技能真的有，不过需要一亿点才能取得。

太乱来了……这根本就不打算让人取得吧。

算了，不可能得到的技能就先摆到一边，那里还有不少唾手可得的技能，先试着去取得实用的技能吧。

虽然以后会有大量的技能点数花在邪眼上，但如果取得全部邪眼后还有多余的点数，就花在看起来不错的技能上吧。

至于对“探知先生”的强化，就是使“探知”取得的情报也能够鉴定了。

只不过，目前“探知先生”拿回来的情报已经相当详尽，没有必要特地再次进行鉴定。

虽然我还想不到这个功能的活用方法，但毕竟没有损失，或许总有一天能派上用场吧。

最后，同时也是最为重要的一点，那就是“探知”居然新增了自动绘制地图的功能！

万岁！

连在取得“睿智大人”之前，我至今走过的所有地方，全都显示在地图上了！

这个很厉害，真的很厉害。

我一直在这座艾尔罗大迷宫里漫无目的地四处徘徊，这张地图也终于显示出了其冰山一角！

艾尔罗大迷宫太辽阔了……

我原本所在的上层，然后失足掉落的下层，还有目前正在攻略的中层——

我把三个地图连接起来，试着推算整座迷宫的样貌，结果光是这样就已经和北海道一样大了。这还只是其中的一部分。

然后，我还试着推算从中层回到上层的距离，结果发现路途还很遥远。

因为这只是推算的结果，所以途中很可能会在某处遇到小山或纵穴，但做好要长途旅行的心理准备肯定不会有错。

最后，那个一直无法鉴定的神秘词语，结果到现在还是无法鉴定。

话说回来，我刚才还以为自己死定了，其实只看HP的话，我确实已经死了。

如果是因为那么蠢的原因丢掉小命，我也没有脸面说什么要华丽地谢幕了。

管理者先生，如果你看到了刚才发生的事情，麻烦把它从记录上删掉好吗？我求求你了。

不过，这次意外也让我确认了“忍耐”确实有效果。

与其说是耗尽HP之后复活，不如说是即使HP归零了，也能用MP作为替代品继续存活下去。

从我刚才全身着火时的情况来看，应该是把MP暂时视为HP了。

因此，我本应该受到的伤害，就这样变成了那些减少的MP。

换一个说法，就像是把HP和MP加在了一起。

所以一旦受到致命的攻击，我的MP也会大幅度减少。

但多亏有“星魔”技能，我的MP储存量很高。因此，在另一层意义上，我变得相当耐揍。

尽管如此，可MP还有原本的用途，所以还是别太过依赖这个技能了，仅仅作为一种保险措施的话，倒还不错。

另外，“星魔”还会让我的魔法系能力值大幅提升。要是不好好利用这些东西，不就太浪费了吗？

这时候就轮到“魔导的极致”登场了！哦耶！

这个技能可以说是“魔力操纵”的究极完全体！那可是我一直梦寐以求的技能啊。

太神啦！

而且还买一送一，额外赠送与MP有关的便利技能！

赚翻啦！

因为是“睿智大人”的赠品，所以现在买还不需要额外的花费哦！

你……你说什么？

放心吧，我已经买了！

恭喜！

总之，“魔导的极致”真的是个很厉害的技能。

取得它就等于同时取得了最高等级的“魔力操纵”“MP恢复速度”和“MP消耗减缓”。

刚才的意外让我的MP减少了一半，但现在已经完全恢复了。

因为每秒能恢复2至3点，所以只要十分钟就能够完全恢复。

这算什么啊……我的MP根本就用不完嘛。

而且我还有MP消耗减缓的效果，除了“忍耐”之外，其他技能的MP消耗量应该也会减少。

即使节省的效果不明显，我也不必担心会用完。

即使让“邪眼”长时间保持发动状态，也基本不会消耗MP。

那就让“邪眼”一直发动下去吧。

既然万事俱备，那使用魔法也是理所当然的吧。

可是，我不知道用法……的说法那已经是过去式了！我终于知道魔法该怎么用啦！

我利用“睿智大人”的新功能——搜索，终于学会了如何使用魔法。

虽然远远比不上某位大老师，但只要调查和技能系统有关的关键词，就会显示出该项目的说明。

我一直渴求的“指南功能”终于实现了。

因为这样，我通过搜索找到了魔法的使用方法。

根据结果显示，如果要使用魔法，必须经过几个步骤。

首先是认识魔力。这个步骤就相当于“魔力认知”。

如果没办法感知到魔力的存在，就没办法使用以魔力为燃料发动的魔法。因此，这是使用魔法的大前提。

因为“睿智大人”的效果，“魔力感知”对我而言完全不成问题。

接下来是“操纵魔力”。

存在于身体内的魔力有点像是黏稠的液体，我得用自己的意志让这些液体流动起来。

这就是“操纵魔力”。如果能让液体快速流动，或是能按照复杂的方式流动就更好了。

一般来说，想掌握使用技巧，必须进行严格的训练，但因为我拥有“魔导的极致”，所以能自由自在地让魔力在体内流动。

再来是“架构术式”。

使用各种魔法技能就相当于这个步骤，只要选择想发动的术式，术式就会自动进行架构。

建构好的术式就相当于……管线吧？

架构术式的速度会因为能力值的差异而不同。

因为我架构术式的速度已经升到最高，所以能在选择术式的瞬间立刻发动魔法，速度快得像是作弊一样。

最后，只要把魔力灌注进架构好的术式中，魔法就完成了。

就像是把液体倒进管线中一样。

只要“液体”抵达“管线”的终点，魔法就会变成能对现世造成影响的现象。

如果在这时增加流进“管线”的“液体”的量，就能提高魔法的攻击力；如果加快“液体”的流速，就能缩短魔法在发动前的准备时间。

只不过，这样做会对“管线”造成多余的负荷。

“流量”大小会因为“管线”的粗细而存在极限，如果“管线”不够坚固而“流量”太大，就会因为“水压”过高而破裂。

如果承受不住那个负荷，术式就会失败，甚至有可能爆炸。

越是高级的魔法，术式就越复杂、越长，所以这种现象在高级魔法中尤为明显。

如果要让术式稳定下来，就必须制造出粗实的“管线”。

关于这一点，因为我拥有“魔导的极致”，所以不成问题。

普通人仅仅为了发动一次魔法，就必须经过如此繁杂的步骤操作。

然而，拥有“魔导的极致”的我，不需要考虑这些麻烦的事情！

我操纵魔力就像移动自己的身体一样，在选择完要使用的魔法的一瞬间，就能立刻架构出最合适的术式。

发动魔法对我来说就像是把水倒进杯子一样！

总之，因为周围没有其他魔物，我只好试着发动能一眼看出效果的魔法。

“毒魔法等级2”——“毒弹”似乎是不错的选择。

毕竟没有目标，发动外道魔法毫无意义，影魔法同理，即使发动了也看不出来。

至于深渊魔法……嗯，一下子就使用那么高级的东西，好像有点难。

好！架构术式！魔力充填完毕！“毒弹”发动！

几乎是在做好准备的同时，我眼前出现了一个黑色的圆球，它迅速地飞了出去。

哦……哦哦！

虽然成功来得有些容易，但这就是魔法。

好厉害，我都有点感动了。

不过，这种“毒弹”没什么威力。

毕竟这种毒不是“蜘蛛猛毒”。

“毒魔法”中的“毒弹”似乎并不是把自己拥有的毒发射出去的魔法。

“毒弹”的毒是“毒魔法”专用的毒，和“蜘蛛猛毒”不一样。

即使拥有我这般的魔法攻击力，这种毒的威力也还是比不过“蜘蛛猛毒”。

虽然能用消耗更多魔力的方式来提升“毒弹”的威力，但这样还不如直接使用“毒合成”。明明是好不容易才学会的魔法，但使用的机会似乎不多……

在测试完“毒弹”之后，我还测试了“毒魔法等级1”的“毒触”。

那是能让接触对象受到毒属性伤害的魔法，但这个魔法果然也有致命缺陷。

亏我还以为以等级1能学到的魔法而言，这魔法的性能相当不错，但这个魔法居然会把自己拖下水。

也就是俗称的“伤敌一千自损八百”。说起来，这样的技能是不是有点多啊？

这个魔法可能很适合用来提升抗性，但在一般情况下根本毫无用处。

不过，如果搭配等级3的“毒抗”，这招倒也不是完全没用。

“毒抗”是能暂时提高对毒抗性的魔法，只要搭配这招，“毒触”说不定也能派上用场。

但我已经有毒合成了，没有必要特地使用这招。

谁会有事没事去使用威力不强，还会伤到自己的魔法啊？

因为威力不强，“毒触”连提升抗性等级都做不到。

现在一看，“毒弹”好像还有别的用处，但我应该不会用到“毒触”。

“影魔法”我也姑且试了一遍。

结果……嗯，因为没什么可说的，所以省略。真要说的话，如果要和影子玩游戏，倒是还行。

因为没有对象就无从确认效果，所以我想等下次遇到魔物时测试一下“外道魔法”。

不过，因为“外道魔法”属于精神攻击，所以说不定没办法通过外表看出有没有效果。

然后是最后的大魔王——“深渊魔法”。

要测试这个魔法让我颇为紧张，无论从哪个方面而言……

不管怎么想，这种魔法都不太妙呢。

既然有“睿智大人”在，那为了保险起见，我还是再次鉴定一下这个魔法吧。只不过，再次鉴定的结果并没有任何变化。

结果，我还是不清楚这个魔法的效果。

我只知道这显然是某个高级的黑暗魔法，但除此之外就一无所知。

如果能够使用，它或许会成为极其强大的战斗力，但这种不知道会出现什么东西的感觉，对心脏实在不太好。

因为我拥有“魔导的极致”，所以不至于会施展失败，但我还是会感到紧张。

在我拥有的魔法之中，这应该是最像魔法的魔法了吧。

黑暗魔法听起来就很棒。

这种中二的感觉让我兴致高昂。

那就先从等级1的“地狱门”开始测试吧。

好！架构术式！

咦……咦？

等……等一下！我已经拥有“魔导的极致”了，但居然还不能驾驭……

这种夸张的架构难度到底是怎么回事？呜……不行了。

正在架构的术式一下子脱离了我的控制，消失得无影无踪。

我好想大喊：“这怎么可能！”

我已经拥有了“魔导的极致”，这应该是最高级的魔导系技能了啊。

即使拥有那个技能，却还是得到这种结果。

要是连这样都不行，那这个世界上不就没有人能使用“深渊魔法”了吗？

话说，架构方式这么复杂的魔法到底是有多不妙啊？

居然连等级1的魔法都没办法成功架构，这是怎么回事？

如果发动等级10的“反叛地狱”，会不会直接让世界末日降临啊？

哈哈哈……怎么可能……不可能吧？真的不可能吧？

可是，连等级1都已经是这样了，看来是没办法使用更高级的了。

不，现在放弃还太早了，虽然这确实是个难题。

但我也不过是个魔法初学者。

一般的魔法师是通过努力练习，慢慢提升技能等级的，但我却跳过这些过程，直接得到了作弊般的技能。

换句话说，我还不习惯使用魔法。

因此，我虽然能依靠技能的力量使用简单的魔法，但高级魔法会因为我自身的不成熟而无法使用。我认为应该是这样。

如果是这样的话，那结论就只有一个——努力练习！

就是这样，身体部长。

嗯，我知道你想说什么，情报部长。

你能理解我的想法吗？

嗯……不过，这样的话，情报该由谁来处理？

你不能分担一点吗？

可以是可以啦，但这样的话，我要一个人做两个人的工作，效率会大幅下降。

伤脑筋……

熟练度达到一定程度。技能“平行意识LV1”升级为“平行意识LV2”。

来得正好!

哈喽，第三个我。

哈喽。情况我都清楚了。既然有我在，那就没问题了!

好! 三号，那我就任命你为魔法部长吧!

OK,OK! 交给我吧。

因为“平行意识”提升了等级，我的工作效率又增加了。

情报部长和身体部长负责的工作不变。

刚出生的魔法部长就负责在移动时，练习以“深渊魔法”为主的魔法技能。

“睿智的支配者”能提高魔法系技能的熟练度获取效率。如果能一并锻炼“毒魔法”和“影魔法”，将来肯定会派上用场。

而且在需要战斗的时候，魔法部长也会自主施展魔法，进行攻击。

在单独使用的情况下,“毒魔法”中的“毒弹”没有太大用处，但如果能配合身体部长的行动，其利用价值就不可同日而语了——

不仅可以用它来牵制敌人，也可以用来偷袭敌人……总而言之，就是能在不同情况下，带来不同的效果。

负责判断状况的“情报部长”也责任重大。

简直就是三位一体。

仔细想想，我还真是厉害啊——

能力值飞跃提升不止，在专注于近距离战斗时，还能兼顾魔法攻击。

光是听到这种描述，我就不想与这种家伙为敌。

奇怪，我是不是变得超强了?

虽然发生了很多事情，但攻略中层的过程还算顺利。

我不断击败魔物提升人物等级，技能等级也提升了不少。

在这个过程中，“过食”终于升到等级10了。

暴食要来了吗？虽然我已经做好了这样的心理准备，但技能进化之后，名称却是“饱食LV1”。

饱食：可以吃下超过上限的东西，此时HP、MP和SP都会恢复。此外，还能把多补充的能量额外储存起来。因为多补充的能量会变成纯粹的能量储存起来，所以不会变胖。等级提升能增加额外储存的上限。

虽然不是进化成“暴食”，但这个技能的性能也已经很强大了。

简单来说，就是以前只对SP有效果，现在变得对HP和MP也有效果了。

虽然这两项的额外储存量要比SP的少，但效果已经无可挑剔了。

光是能让原本偏低的HP变多，我就很高兴了。

而且还有“忍耐”的效果，如果HP和MP都能增加，我的生存能力就能进一步提升。

MP对我来说根本用不完，如果能够储存起来，某种程度上而言也能减少浪费。

只不过，关于“饱食”进化后不再令人发胖的效果，我就没有得到什么好处了。

我根本就没有变胖过，这到底是为什么呢？

根据“过食”的说明，额外储存的体力越多，身体就会越胖。我曾经把额外体力储存到极限，照理来说应该会变得相当胖，但我完全没有变胖。

难道这是蜘蛛特有的体质吗？虽然不清楚原因，但反正以后也不会变胖了，我决定不去在意。

对了。在等级提升之前，我把“过食”能储存的额外体力储存到最大值了。

最大值的数值似乎是用等级乘以100来决定的，所以最多只能储存到900点。

虽然进化成“饱食”让上限稍微提升了，但我想上限应该就是1000点吧。

如果没办法继续储存，不赶快用掉就会浪费——这正是日本人节俭精神的体现。

因此，我在移动时会尽量多地消耗SP。

具体来说，就是跑跑跳跳地前进。

我通过这样的方法，赚取到了很多技能的熟练度。

以“韦驮天”为首，不少技能都升级了。

“爆发”和“持久”终于满级，成功进化。

这两个技能分别进化为“瞬身”和“耐久”，还增加了成长奖励的效果。

这样一来，在人物等级提升的时候，我所有的能力值就都能得到成长奖励了。

而因为有“睿智”，我在魔法方面的能力值提升得非常快，再加上“韦驮天”的效果，速度的能力值简直是更上一层楼。

嗯……我本应该是高机动型的物理系角色，但只看能力值的话，现在更像是高机动型的魔法系角色。

虽然“睿智大人”让我彻底蜕变，但真要问我是否愿意变成魔法系角色，我的答案又有些微妙。

魔法系的技能确实升级了。

但即使如此，也还是比不过蜘蛛猛毒。

结果，如果要认真战斗，我的王牌还是蜘蛛猛毒，魔法只能作为辅助。

虽然这也是没办法的事就是了。

毕竟我一直以来都是靠着“蜘蛛丝”和“蜘蛛猛毒”这两项武器战斗的。

要是它们被突然蹦出来的魔法轻易取代，我恐怕也会有“那我一直以来的辛苦到底算什么”之类的复杂心情吧。

啊……好想快点使用蜘蛛丝啊……我想快点离开中层。

如果能成功抵达上层，我就马上筑巢，然后躲在里面花时间好好研究技能。

至于之后的计划……老实说我也在犹豫，不知道该怎么办。

虽然我会提醒自己别去在意，但还是没办法完全做到。

管理者。技能。

如果想搞清楚这些事情，还是得向知情的人打听才行。

不过，这个世界的人类到底是如何看待管理者的？

仔细想想，我在这个世界还不曾跟任何人有过交流。

有我啊！

还有我啊！

你们两个和我没什么区别吧！我说的是其他人啊！

呼……笨蛋变多了，负责思考的我也越来越辛苦了。

啊，对了，刚才说到沟通的事情，对吧？

虽然我在前世时也几乎不和别人沟通，但只要有网络我就能获得情报。

但现在不行了，“睿智大人”只能搜索和技能有关的情报。

即使能够调查，最关键的情报依旧无法得知。

与管理者有关的情报也全都无法鉴定。

仔细想想，从整体上来看，我不过是个自出生后还不曾踏出过家门的家里蹲而已。

因为我不曾踏出过艾尔罗大迷宫。

在没有情报获取途径的状态下，一个家里蹲不了解世界局势也是情有可原吧。

如果想知道关于管理者的事，就得走出艾尔罗大迷宫，和这个世界的人类对话。

但因为我是不会说话的魔物，所以很难与人类正常交流。

魔物的身份是没办法摆脱的了，可对话的问题说不定还有办法解决。

第一个办法是取得“念话”技能。

而另一个办法则是进化成其他的魔物。

“睿智大人”为我带来了一项新功能，那就是进化树。

只要有这个，我今后能进化成什么魔物都能一目了然。

之前进化的时候，我只能选择看上去比较好的选项。而从结果上来看，我选择的进化路线相当不错。

进化树上显示，毒系是相当稀有的种族，现在的死神之镰也是。

不过，这个现在不重要。

问题在于，进化树上显示着我未来能够进化的某种魔物的信息。

女郎蜘蛛——拥有蜘蛛下半身与人类上半身的魔物。

那是在我前世生活的日本也广为人知的一种魔物。

虽然路途有些遥远，但只要我有那个意思，就能办得到。

如果拥有人类的上半身，应该就有办法说话了吧。

而现在的问题就在于，因为我依旧是只魔物，所以不知道人类会不会听我说话。

算了，只要能变成人形，哪怕只有一半，对我来说还是很有吸引力的。

虽说我已经习惯了蜘蛛的身体，但一个健全的前女高中生怎么可能愿意维持这样的外貌，然后结束自己的一生。

一般来说都不可能吧？

既然能变成人形，那我就以此为目标吧。

不过，现在想这么多也没用。

不管是进化还是不进化，那都是还很遥远的事情。

再说，如果没办法离开中层，我也没办法走出迷宫。

以后再来思考这个问题吧。

S6　地幼龙来袭

那家伙是在我们抵达学校后突然出现的。

不，准确来说，它多半一直偷偷跟在我们身后。

“啊……啊啊……”

我听到了某人的呻吟声。

那头魔物的实力就是能让人发出那种没出息的声音。

地幼龙——

这是本不应该，也不可能出现在这种地方的高位魔物。

但这种魔物此时正在校园里对我们露出獠牙。

“夏目同学！那也是你干的好事吗？”

冈老师问由古。

“我……我不知道！我没听说过会准备那种家伙啊！”

由古也一脸狼狈，看起来不像在说谎。

“喂，你们几个，那是怎么回事？”

由古只好问被绑起来的犯人们。

“那是原本要在这次计划中使用的王牌。”

“原来是你们准备的吗？”

“是的。本来会有召唤师负责操控它。可是，操控状态似乎解除了。”

“谁是那个召唤师？”

“是我，但我现在没办法操控它。虽然抓到它的时候它很温驯，也乖乖接受了我定下的契约，但它现在完全不听我的命令！说起来，那原本就不是我可以驾驭的魔物。”

犯人们不知所以地回答由古的问题。

我忍不住咋舌。

想驾驭实力比自己强大的魔物，这根本就是疯了。

在和菲一起生活的过程中，我也取得了召唤师必备的驯化技能。

不过，那个技能只能用在比自己弱的魔物身上。

如果是比自己强的魔物，则需要双方同意，才能缔结契约。

但那必须建立在双方互信的关系上。

如果不是这样，魔物不知道什么时候就会背叛主人——像现在这样。

地幼龙一边挥舞它的利爪，一边用像树干一样粗的尾巴扫了过来。

虽然参加课外活动的老师与高年级学生立刻应战，但实力差距还是太大了。

这也是理所当然的事。根据鉴定结果显示，那头地幼龙的平均能力值在2000左右，即使在幼龙种群之中，它也算得上是实力强大的个体。

“变成不得了的情况了呢！”

在看到地幼龙后，前来迎接我的菲略显焦急。

“再这样下去他们会有危险的，我也去帮忙！”

“站住！我不允许你做那种事！太危险了！”

冈老师想阻止我。

但有人在我面前受伤，我没办法视而不见！

我无视了老师的话，向地幼龙冲了过去。

“真拿你没办法！”

“既然哥哥要去，那我也要去！”

“治疗就交给我吧！”

卡迪雅、苏还有悠莉也跟了上来。

我边跑边准备魔法，也就是之前在魔法课上学到的水魔法。

发射！

水弹迅速逼近地幼龙。

但在它命中目标的前一刻，就突然烟消云散般消失了。

“是逆鳞吗！”

那是幼龙种魔物拥有的特殊技能——“龙鳞”的上位技能“逆鳞”。

除了提升防御力之外，这个技能还有瓦解魔法结构的效果。

能同时防御物理攻击和魔法攻击，这种技能真的很难对付。

“学生都退下！”

其中一位老师如此大喊，但我丝毫不理会！

在这些人之中，我已经算是强者了。

既然如此，又怎么能因为我是学生就退下。

“苏！配合我！”

“好的！”

我和苏同时施展水魔法。

我们的魔法在空中合而为一。

苏和我一样，也擅长使用水魔法。

如果结合双方的力量能提升威力的话……

这一次，水弹没有消失，而是刺进了地幼龙的身体里。

地幼龙痛苦地低声呻吟。

行得通！虽然伤害不高，但也算是能贯穿它的防御！

周围的老师和学生都开始模仿我们，结合彼此的魔法发动攻击。

卡迪雅和欧利萨老师一起向地幼龙使出火魔法。

在它因为魔法而后退时，以近战为主要攻击方式的人就上前攻击。

虽然不能造成很高的伤害，但至少不是零。

我刚看到一丝希望，地幼龙就在下一瞬间抬起头。

那是吐息攻击的准备动作。

“快躲开！”

虽然有人大叫一声，但来不及了！

没有任何退路的我只好向前踏出一步，全力发动“魔斗法”和“气斗法”。

与此同时，我还使用技能点数取得了“光攻击”技能。

我让光缠绕在剑上，向着地幼龙使出的吐息猛地挥去。

“唔……唔喔喔喔喔！”

撑住……撑住啊……我的身体！

“真是的！总是做这种危险的事！”

我似乎听到了菲的声音。

吐息攻击也在这时停下了。

我顺势对着地幼龙挥出剑，把它那缺了鳞片的脖子砍断了。

“我立刻帮你治疗，别乱动。”

我一边听着宣告等级提升的神宣，一边让悠莉用恢复魔法治疗身体。

手上的伤特别严重，要是吐息晚那么几秒才停下来，我的双手可能就要报废了。

想到这里，我的身体开始颤抖。

苏和卡迪雅看到我这副模样，都想来安慰我，但我拜托她

们去照顾其他伤员，把她们赶走了。

我不想让她们看到我如此丢脸的模样。

在战斗时，我无所畏惧。

可像现在这样冷静下来之后，对死亡的恐惧便涌上心头。

同时，我一直紧紧握住不放，仿佛完全焊在手中的剑，如今看起来变得非常可怕。

砍飞地幼龙脑袋时的感觉仍然留在手中。

这就是真正的战斗，这就是夺走生命的感觉。

我一直以为只要有强大的能力值和大量的技能，战斗就不成问题。

但在战斗过之后，我才发现——

我完全不明白何谓战斗。

所谓的战斗，原来是这么可怕的事情。

所谓的杀生，原来是这么恐怖的事情。

我想松开手中的剑。

手指却像冻僵似的不听使唤。

当悠莉完成治疗，我的手才总算放开了剑。

这时，我告诉悠莉自己已经没问题了，于是让她去治疗其他伤员。

身体上的伤已经治好了，只剩下我内心的创伤无法治愈。

连我都觉得自己很窝囊。

虽然我确实没想到初次战斗会是对付这种强敌，但也不应该害怕成这样。

而且还是在战斗结束之后。

我想起了尤利乌斯大哥，他几乎每天都在重复这样的战斗。

如果想追上他，就得跨越这种程度的障碍。

看，现在不就有好几个人正担心地看着我吗?

我得让他们放心才行。

如果是大哥，他也肯定会这么做。来，笑一个吧。

但我怎么可能笑得出来。

我好害怕。差点丢掉小命的恐惧、夺走其他生命的恐惧。

为什么大哥……不，为什么这个世界的居民能轻松地做着这种可怕的事?

为什么由古能够下定决心干掉我?

不过是干掉了伤害他人的魔物而已，但也已经让我如此害怕了，如果对象是其他人，我肯定会发疯。

为什么由古敢策划那种事情?

还是说，由古早就已经疯了吗?

有可能。

在由古的称号中，有“魔物杀手”这么一个东西。

那是杀死过许多魔物才能取得的称号。

如果是这样的话，那就代表由古干掉了许多魔物。

他一直在做这种事。

在这个过程中，他的思想可能因此变得奇怪了。

我也会变成他那样吗?

我好害怕。一想到自己也可能变成那样，我就感觉喘不过气来。

我一次又一次地深呼吸，好让心情平静下来。

但我迟迟没能整理好心情。

不过，要是取得胜利的功臣垂头丧气，大家也没办法发自心底感到高兴吧。

即使笑不出来，我也应该抬头挺胸。

虽然可能已经太迟了。

这时，我突然看到了菲，她正注视着倒在地上的地幼龙。

救了我的人是菲。

是菲在那一瞬间死死地咬住地幼龙的脖子，让吐息攻击停了下来。

要不是她这么做，我可能已经死了。

“菲，谢谢你救了我。”

我努力忍耐着似乎要死灰复燃的恐惧，向她致以为时已晚的谢意。

“嗯，不用客气。”

听到我道谢，菲依然一副心不在焉的样子，只是默默地盯着一动不动的地幼龙。

“怎么了吗？”

“你鉴定一下我的能力值吧。”

虽然对菲失落的模样感到疑惑，但我还是按照她的要求发动了“鉴定”。

“食亲者”。

然后，我看到了这个称号。

这是赠与吃下了亲人之人的可怕称号。

“难不成……”

“应该就是那么回事吧。”

菲咬了那只地幼龙的脖子一口。

如果是那样的话，菲会得到这个称号就不难理解了。

应该说，我只能想到这种可能性。

“那只魔物，该不会是来找我的吧？”

这并非不可能的事。

当菲还是一颗蛋的时候，她所住的地方是离这里有点远的艾尔罗大迷宫。如果那只地幼龙是菲的父母，我想不到它专门出现在这里的其他原因。

它很有可能是一个来寻找自己孩子的父亲或母亲，却因为自己的孩子丢掉了性命。

这么一想，那我不就等于是当着孩子的面，砍下了它父母的脑袋吗……

“呜……呜恶！”

我忍不住呕吐。

我的初次实战，就这样变成了只有苦涩的回忆，并且永远残留在心中。

幕间　败者的恸哭

“可恶！我不会就这样认输的！这个世界是我的！这是只为我存在的世界！我绝不认同这样的结局！绝不认同！在得到一切之前，我绝对不会放弃！”

熟练度达到一定程度。取得技能“欲求LV1”。

“那个可恨的精灵！我绝对要报仇！不可原谅……我绝对不会原谅她！”

熟练度达到一定程度。取得技能“愤怒LV1”。

“我总有一天会夺走那家伙的一切！就像我现在这样！”

熟练度达到一定程度。取得技能“夺取LV1”。

“给我等着瞧！我要摧毁那家伙珍惜的一切！”

熟练度达到一定程度。取得技能“靡乱LV1”。

“给我等着瞧吧！我总有一天会夺回这个世界！”

幕间　爱操心的公爵千金与吵闹的转生者们

“菲，你没事吧？”

“没事。虽然吓了一跳，但即使那只幼龙真的是我的父母，也和初次见面的陌生人差不多啊。”

“这样啊……对了，可别让悠莉知道这件事。”

“对，要是被她知道我拥有‘禁忌’技能，总觉得会被干掉。”

“嗯，谁在叫我？”

“唔哇！没人叫你！没人叫你！”

“不要突然出现啊。这样对心脏很不好。”

“咦，我只是很正常地路过而已啊。”

“你要赔偿，赔偿我那因为被恐吓而缩短的寿命。”

“咦！为什么啊？”

“啊，对了，你今天不去劝俊入教吗？”

“嗯，我已经去过了。”

“居然已经去过了……”

“在宣扬神明大人之伟大的道路上，没有‘放弃’这种事！即使现在无法理解，大家也总有一天能理解神明大人的伟大！”

“那你加油吧……”

“啊……总觉得她这种盲目信仰宗教的地方，和那对兄妹很像……”

“是啊，我似乎也能理解。俊是尤利乌斯先生的信徒，苏则是俊的信徒。”

“就是！每次都把别人说得像宗教迷一样，但自己是勇者迷居然就没有自觉！你们不觉得他很过分吗？”

“他应该不想被你这么说吧。”

“不过，我也不是不能理解你的心情。只要一聊起尤利乌斯先生的话题，那家伙就停不下来。”

“我也能理解，勇者大人的英勇事迹，我都已经听到耳朵长茧了。”

“像是他无偿拯救没钱请人对付魔物的村子的事情吗？”

“以负责管辖勇者大人的教会的立场上来说，他做那种事情没问题吗？”

“正常来说是不行的，但因为这一代的勇者大人会捐钱给教会，教会的高层也没办法强硬地加以批判。”

“真不愧是王族，不用担心钱的问题。”

“那是因为有这个国家给他当靠山。如果勇者是平民出身，只会被当成普通的战斗力，不断被派去战场或是去讨伐魔物，这都是些相当危险的工作。所以，如果太过勉强尤利乌斯先生，这个国家就有可能变成教会的敌人。”

“真是个两难的问题。”

“不过，尤利乌斯先生总是自愿去做这种危险的任务。”

“这就是真正的英雄！”

“我见过他本人，那个人真的就和圣人一样。或者可以这么说，他本人就是个奇迹。”

“要是有那种哥哥，弟弟不是变得性格扭曲，就是会真心崇拜他吧。”

“只要没变得性格扭曲就行了吗？”

“这样不是挺好的吗？实际上，作为一个男人，追随尤利乌斯先生的背影并不是错事。”

“真是不可思议，前世是男人的家伙说出这种话来还真有说服力。”

“我的心现在也依然是个男人。”

“骗人。”“骗人。”

“为什么要毫不犹豫地否定我啊！”

“哈哈。话说回来，尤利乌斯大人……我还没见过他呢。”

“圣女候选人也见不到勇者大人的吗？”

“毕竟我只是候选人。只要我一天还是候选人，那我就跟勇者大人毫无关系。只有当圣女或是勇者大人遭逢意外的时候，新一任圣女才会诞生。所以如果他们没有任何意外，候选人不管过多久也只能是候选人。”

“所以如果勇者死去，即使圣女还活着，也会换人吗？”

“嗯。一位圣女只能服务当代勇者一人。因此，要是尤利乌斯大人死去，即使亚娜大人还活着，也会选出下一任的圣女。啊，我好像不应该说这种话的……”

“不。虽然俊盲目崇拜尤利乌斯先生，但那个人也不是无敌的。事实上，他就曾经中过魔族的计，遭人下毒而身陷险境。如果人族和魔族正式开战的话，哪怕是尤利乌斯先生，也不见得能全身而退。”

“也对。虽然在俊面前不能说这种话，但一旦人族和魔族之间展开战争，人族这边就不太乐观了。”

“毕竟一直保持沉默的魔王终于要开始行动了。”

“是啊。根据听到的传闻，魔王似乎在我们还是婴儿的时期就换人了。”

“那个时期还真是发生了不少事情。像是神言教和女神教之间的宗教战争，还有迷宫噩梦突然出现……”

“女神教是邪教！”

“好，你说是就是吧。迷宫噩梦……唯一让尤利乌斯先生尝到战败滋味的蜘蛛魔物啊……”

“当他提起那件事时，我刚好和俊在一起。他口中的那只魔物，简直就和魔王一样。”

“搞不好那家伙就是魔王。”

“蜘蛛怎么可能变成魔族之王。魔族的外形不是和人类一样吗？”

“不，只要能做到菲所向往的‘人化’，就能解决这个问题。”

“我先说一下，这个世界没有‘人化’这种技能。”

“没有吗？”

“没有，但或许有能办到类似事情的技能。”

“总之，听说只看外表的话，魔族和人族完全没有区别，即使有成功人化的魔物混在里面也不奇怪。”

“这样很容易搞混吧。既然叫魔族，那好歹长个角吧？”

“与其说是魔族，那根本就是恶魔了吧？”

“既然他们的领导者叫魔王，那应该没有问题吧？”

“嗯，对了，我突然想到，魔王换人的时期，不就是我们转生来到这个世界的时期吗？难不成那位魔王也是转生者……”

“喂，再怎么样也不应该开这种玩笑吧？要是如你所说的那样，那个人不就等于还是婴儿的时候就当上魔王了吗？”

“呜……抱歉。”

“只要不是从婴儿时期就开始到处杀死魔物提升等级，就不可能成为魔王。”

“那光景也未免太可怕了吧。”

9　炎海之主

哇，这地方好可怕。

我眼前出现了一座巨大的岩浆湖，而且无路可走。

难道我走错路了？

虽然如此怀疑，但这个中层其实就是一条相当宽广且一直延伸的通道。

因为宽度差不多有一公里，所以称它为“通道”好像不太准确。

如果要继续前进，就不得不越过这座岩浆湖。

幸好，虽然没有路，但湖中到处都有小岛。

利用我的跳跃力，应该能在岛与岛之间移动，最坏的情况下也能在天花板上走。

我是有办法突破这个难关，但人类应该不行吧？

看来，人类的极限就是上层了。

拥有超过北海道面积的迷宫，对于一般人来说根本不可能成功攻略。

除非那人拥有传说中的勇者或英雄的力量。

不过，我也不晓得那种人是否存在就是了。

说不定，管理者会赋予自己青睐的美少年特殊的力量。

唔哇……那样做好卑鄙啊。

如果真有那种力量，拜托请给我吧！

不行吗？这样啊……我想也是。

啊……我稍微逃避了一下现实。

虽说我有办法在这座岩浆湖中移动，但也仅仅是移动的程度而已。

这个地方最可怕的一点，是湖中潜藏着许多魔物。

这座岩浆湖不仅面积宽广，还深不见底。

最深的地方有将近两百米。

这么多岩浆堆在一起，难道不会冷却凝固吗？

虽然感到疑惑，但我眼前确实出现了一座巨大的岩浆湖。

辽阔且深不见底的岩浆湖中全是魔物。

我真的要穿过这座湖？

真是的……这个迷宫到底是怎样？

这压根儿就是不打算让人成功攻略吧。

唉……算了，除了渡湖以外，我也别无选择。

船到桥头自然直。

再说，能够击败鳗鱼的我已经所向无敌了，能和我平起平坐的强敌应该不可能有太多。

即使真的有，我也会击败它们。

和与鳗鱼战斗的那时候不同，我已经进化了，不仅能力值有所提升，技能也变得更为丰富，更重要的是，我还学会了使用魔法。

呵呵呵……我以前确实没办法对躲在岩浆里的家伙出手，但那样的战术对于已经学会了魔法的我来说，已经不管用了！

我要反过来猎杀你们！呀哈！

而且，除了魔法之外，我还得到了其他新技能。

首先是“邪眼”。

我取得第二个“邪眼”了，这次我选择了“麻痹的邪眼”。

虽然石化也很诱人，但它有起效时间太长的缺点。更重要的是，敌人一旦被石化，就不能吃了。

所以，就同样能让敌人动弹不得这一点，我选择了能立即生效，还不会浪费食物的麻痹。

此外，我还学会了“魔斗法”技能。

那是只要消耗MP就能提升能力值的技能。我试着让魔力在体内循环，没想到如此轻易就取得了这个技能。

这技能就像是消耗MP版的“气斗法”。因为我拥有魔导的极致，所以几乎不用在意MP的消耗量。

即使一直保持技能发动的状态，MP的恢复量还是比消耗量要高。

因此，我直到现在都还让这个技能发动着。

也就是说，我一直处于能力值进一步强化的状态。

至于“气斗法”，我就根据“饱食”的储存量多少来决定是否发动，慢慢提升技能等级。

只要同时发动这两个技能，就能让能力值爆炸性地增长——作为我的王牌。

说起来，“饱食”确实是个相当强大的技能。

毕竟它连自动恢复的HP和MP也会储存起来。

拜此所赐，我的HP和MP的额外储存量都在不断增加。

MP甚至根本用不完。

即使持续发动“魔斗法”、两种邪眼，然后还不断练习使用魔法，也还有不少剩的。

“魔导的极致”太厉害了。还有，能把多余的HP和MP储存起来的“饱食”也很厉害。

不过，因为岩浆带来了炎热伤害，HP的储存速度比较慢，储存量不能算很多。

总之，我现在拥有了魔法这个远距离攻击手段，能力值贫弱的问题也大幅改善，即使再次遇到鳗鱼，我也坚信自己能够战胜它。

只要想到这点，这种岩浆湖根本就不足为惧嘛！

要是那些小喽啰敢来挑战我，我就反过来猎捕它们，然后吃掉。

就是这样，我跳！

我跃过岩浆，在漂浮的小岛上着陆。

我有些紧张，但即使有个万一，我也可以贴在天花板上移动，所以应该没问题。

我一边跳跃一边移动。

嗯……太过顺利反而会变得无聊……

魔物也不来袭击我。

我明明如此紧张，结果却白忙一场。比起安心，失望的感觉反而更大。

不，其实这是好事。和平真的是好事。

不过，要是太和平了,SP就无处补充，所以我希望魔物能在合适的时候袭击我，这样我才有食物的来源。

如果来的是好吃的食物就更棒了，像是鲇鱼啊，鲇鱼啊，再不然就是鲇鱼什么的。

不知道鲇鱼会不会突然探头出来呢？

像这样扑通一声跳出来——

艾尔罗爆炎幼龙　LV17

能力值　HP：2331／2331（绿）（详细）MP：1894／1894（蓝）

（详细）

SP：2119/2119（黄）（详细）　SP：2315/2315（红）+264（详细）

平均攻击能力：1999（详细）　平均防御能力：1877（详细）

平均魔法能力：1551（详细）　平均抵抗能力：1528（详细）

平均速度能力：1577（详细）

技能

“火幼龙LV9”	“逆鳞LV2”	“HP自动恢复LV2”
“MP恢复速度LV1”	“MP消耗减缓LV1”	“SP恢复速度LV3”
“SP消耗减缓LV3”	“火焰攻击LV5”	“火焰强化LV3”
“破坏强化LV2”	“打击强化LV4”	“联手合作LV5”
“统率LV7”	“命中LV10”	“闪避LV10”
“概率补正LV8”	“气息感知LV4”	“危险感知LV7”
“快速游泳LV7”	“过食LV8”	“打击抗性LV7”
“炎热无效”	“身命LV1”	“爆发LV8”
“持久LV9”	“刚力LV1”	“坚牢LV1”
“术师LV4”	“护法LV4”	“疾走LV5”

技能点数：11250

称号

“魔物杀手”　“魔物屠夫”　“统率者”

有个大家伙扑通一声跳出来了！

出现在我眼前的是一条幼龙。

它的外观比起鳗鱼更接近幼龙，是一条货真价实的幼龙。

从技能的组合上来看，它很可能是鳗鱼进化后的魔物。

这家伙已经不能算是鱼类了，它是真正的火幼龙。

啊啊……这家伙很危险！

“逆鳞”是“龙鳞”效果加强后的上位技能。

虽然“龙鳞”有干扰魔法术式并削弱其威力的效果，但我之前其实并不在意。

毕竟我拥有“魔导的极致”，鳗鱼那种程度的鳞片还不足以干扰我的术式，但如果是火幼龙的“逆鳞”，我的魔法说不定就会受到影响。

在对付鳗鱼时，敌人的“命中”和“概率补正”让我陷入了苦战，而这条火幼龙也拥有这套技能组合。

而且比鳗鱼还多了“闪避”。

还有一大堆我最害怕的火属性攻击。

然后，最为棘手的是“联手合作”与“统率”两个技能。

我通过“探知”，捕捉到了接连从岩浆里探出头来的魔物。

“联手合作”和“统率”的效果一目了然。

“联手合作”可以增加群体作战的战斗力，“统率”则可以率领部下。

那是通过“统率者”称号取得的技能，而这个称号本身也很厉害。

它能稍微提升部下的能力值。

我已经被一大群魔物完全包围了。

而统率这些魔物的正是火幼龙。

虽然我觉得自己能战胜鳗鱼，但我可没说过能战胜比鳗鱼还要强一倍的家伙啊！

身体部长！

好，逃跑吧！

我立刻如此决断。即使在一对一的情况下，我也不见得能战胜这个可怕的家伙，更别说它还有一堆跟班。

而且我也没有地利……仅仅就这点来说，逃跑也是个相当正确的选择。

三十六计走为上计。

我跳向火幼龙身后的小岛。

下一瞬间，我通过“探知”发现自己原本所在的小岛此时已经消失在火海中。

吓死人了！虽然那座岛很小，但也没想居然会被火焰完全吞没！

如果我还在岛上，根本无处可逃。

这就是火幼龙吐出的火球，如此体积与威力实在太惊人了。

即使我的能力值已经大幅提升，但在那种东西面前，依旧不堪一击。

我在一座小岛上着落，然后就立刻跳向下一座小岛。

但当我在跳跃时，大量的海马就会从岩浆里探头出来，向我吐出火球。

如同对空炮火一般。

而且这些“炮台”像是经过训练的一样，射击精准无比。无数火球笔直向我飞来。

以前即使成群结队地行动，海马们也不怎么合作，但现在在火幼龙的统率下，居然能发动这种整齐划一的攻击。

简直就像军队一样。

现在可不是保留实力的时候。

除了“魔斗法”之外，我还同时发动“气斗法”。

在这种状态下，我继续使用“气力附加”，将经过强化的蜘蛛丝射向天花板，并在丝起火燃烧前爬到天花板上。

无数火球在下一瞬间从我身体的正下方通过。

这时，另外的一个特大号火球居然向着逃到天花板的我逼近。那是火幼龙吐出的火球。

我沿着天花板移动，好不容易才避开了火球。

火球轰烂了天花板，将碎石和火焰撒向周围，随后炸开。

要是在空中挨了那一击，即使HP还有剩，我也会摔进岩浆里，尸骨无存吧。

为了追杀逃跑的我，海马的火球随即射了过来。

我用躲的方式处理掉其中几颗，用“毒弹”处理掉剩余的。

因为“毒弹”也有物理攻击力，所以能用来抵消敌人某种程度的攻击。

如果是“毒弹”这种程度的魔法，对于拥有“魔导的极致”，还能用独立的意识专心发动魔法的我来说，连续发射根本不成问题。

虽然没办法把数量惊人的火球全数击落，但也足以应付来不及闪躲的火球。

只要那些飞过来的火球都是能够抵消掉的话……

一个特别巨大的火球飞了过来。

这个火球还是从我前进的方向飞过来的。

因为天花板上无处可逃，我只好跳向空中，在附近的小岛上着陆。

下一瞬间，天花板上开出一朵鲜红的花朵。

我看向前方。

那不是火幼龙吐出的火球。

三条鳗鱼像是要堵住我的去路一般挡在前面。

我走投无路了。

前有鳗鱼，后有火幼龙。

如果只有一条鳗鱼，那我还有可能突破，但要突破三条鳗鱼的防守，实在太难了。

这样一想，只有一条火幼龙的那边不是更有机会突破吗？我怀着这样的想法回头一看，却看到火幼龙与无数海马正在向我逼近。

而且那边还有第四条鳗鱼探头出来。

这就不妙了。

我至今为止的战斗方针，就是在尽量闪避敌人攻击的同时，设法减少它们的数量。

一旦数量变得如此庞大，即使是小喽啰的海马也不好对付。

如果不先设法减少它们的数量，根本无处下手。

毕竟火球弹幕可不是闹着玩的！

但以目前的状况来看，火幼龙的“统率”实在“完美”过头了，这样反倒帮了我大忙。

因为它们的射击太过直接了。

对方有着数量上的优势，如果它们的射击毫无章法，那对我来说还更不好应付，但这些火球全都只是普通地瞄准我，没有加以任何预判。

这样我只需要不断移动，就不会被击中了。

为了突破鳗鱼和火幼龙的包围网，我拼命往旁边逃窜。

我在逃跑的同时，也没有忘记发动魔法。

吃我一招“毒魔法LV6”的“毒雾”！

一如其名，这是能产生毒雾的魔法。

只要能使出大范围的攻击魔法，就能打开局面，而这已经是我拥有的魔法之中，唯一能同时攻击多个敌人的魔法了。

尽管没有像“蜘蛛猛毒”那样能一下子大幅度削减对手HP的强力毒性，但只要持续吸入这种毒雾，身体就会慢慢被毒素侵蚀。

如果我能一直躲开攻击撑下去，这种毒雾应该能有效削减敌人的数量！

但事情一定不会这么顺利。

海马似乎想封堵我的逃生路线，纷纷爬上陆地。

呜，真碍事！

我对着挡路的海马毫不留情地挥起了镰刀。

左右两侧的镰刀各将一只海马一刀两断。

在能力值提升之后，我的镰刀攻击可以轻松办到这种事。

我的刀锋……更正，镰刀锋一转，顺势又砍翻了两只海马。

然后立刻垂直向上跳！

火幼龙的火球在下一瞬间击中了我刚才站着的地方。

乘着爆炸的气浪，我的身体进一步加速，甚至不需要利用蜘蛛丝就抵达了天花板。

不过是攻击的余波，我的HP却因此被削去了大半。

我还瞥见了准备吐出火球的鳗鱼，于是放手一搏地用“毒合成”洒下蜘蛛猛毒。

我一点都不在意要消耗多少MP，直接把合成量设为最大。

体积远比我身体还要大的蜘蛛猛毒液瞬间出现，并化为巨大的水球向下坠落。

那一大块毒液迎面撞上鳗鱼吐出的火球，然后爆裂四散。

大部分的毒液都被火球蒸发掉，剩下的些许毒液则化为雨雾落下。

即使所剩不多，但毕竟是我的蜘蛛猛毒。

几只弱小的海马就这样被毒死了。

这招不错。

我趁着下一颗火球还没飞来，在天花板上快速移动。

与此同时，我还不断合成蜘蛛猛毒到处乱洒。

因为刚才的那一下，火幼龙和鳗鱼似乎都在害怕蜘蛛猛毒会扩散开来，正纠结着要不要吐火球。

它们的行动从主动进攻变成了闪躲从天而降的蜘蛛猛毒。

“毒雾”也开始发挥效果了，海马们接二连三地倒下。

这样很好。只要继续一边放毒，一边逃跑，我应该就能逃出生天吧。

经验值达到一定程度。个体——死神之镰从LV6升级为LV7。

各项基础能力值上升。

取得技能熟练度等级提升加成。

熟练度达到一定程度。技能“丝的才能LV3”升级为“丝的才能LV4”。

取得技能点数。

糟糕！

我开始蜕皮了。

要是在天花板上蜕皮，我的行动会变得相当迟缓。

不出所料，在我被脱落的皮缠住脚，停下动作的瞬间，就被鳗鱼吐出的火球直接击中了。

好热！好痛！要死人了！

我从天花板上摔了下来。

幸好我是落在了小岛上。

安全上垒！我总算是避免了直接摔进岩浆的悲惨结局。运气真好。

万一打中我的不是鳗鱼的火球，而是火幼龙的火球，那我现在应该已经死了吧。

毕竟只是被鳗鱼的火球打中一下，我就不得不发动“忍耐”技能了。

原本用不完的MP因为这一击耗尽了额外储存量，真正的MP计量条也只剩下不到一半。

没想到一直以来都在帮助我的“蜕皮恢复”，居然会在这时害我摔了个大跟头。

不过，我撑过去了！

又一只庞然大物向我逼近——

一条身上缠着火焰的鳗鱼冲了过来。

来不及逃跑了。

我让镰刀附加上腐蚀属性。

与此同时，镰刀传来一阵剧痛，但我选择强忍下来。

之后，我往旁边闪躲，以毫厘之差避开鳗鱼的冲撞，同时还用腐蚀镰刀剖开了它的身体。

手起刀落，镰刀一瞬间就切开了鳗鱼那受“龙鳞”保护的坚硬身躯。

腐蚀攻击实在太可怕了。

经验值达到一定程度。个体——死神之镰从LV7升级为LV8。各项基础能力值上升。

取得技能熟练度等级提升加成。

取得技能点数。

经验值达到一定程度。个体——死神之镰从LV8升级为

LV9。

各项基础能力值上升。

取得技能熟练度等级提升加成。

熟练度达到一定程度。技能“气斗法LV3”升级为“气斗法LV4”。

取得技能点数。

没想到居然连鳗鱼都能一刀秒杀。

虽然它的身体并没有完全风化，可伤口附近的地方就像变成了沙子一样开始溃散。

鳗鱼的尸体就这样沉入了岩浆湖中。

被腐蚀属性反噬的镰刀也因为蜕皮而完全恢复了。

还剩下一条火幼龙和三条鳗鱼。

多亏了毒雾，海马们几乎都已经沉入湖中了。

经验值达到一定程度。个体——死神之镰从LV9升级为LV10。

各项基础能力值上升。

取得技能熟练度等级提升加成。

熟练度达到一定程度。技能“毒魔法LV6”升级为“毒魔法LV7”。

熟练度达到一定程度。技能“毒强化LV6”升级为“毒强化LV7”。

取得技能点数。

满足条件。取得称号“幼龙杀手”。

基于称号“幼龙杀手”的效果，取得技能“生命LV1”“幼龙力LV1”。

“生命LV1”被整合为“身命LV1”。

在最后一只海马沉到湖底的时候，我的等级再次提升，还得到了新的称号。

好像可以赢下战斗啊。

于是，我用四颗眼珠发动“诅咒的邪眼”，又用另外四颗眼珠发动“麻痹的邪眼”。

这样刚好能对付火幼龙和三条鳗鱼。

火幼龙和鳗鱼发现情况不对，慌张地向我吐火球。

我开始逃跑。

两条鳗鱼开始追击。

它们想从左右两侧夹击我。

我早就不是以前的我了，那种攻击怎么可能会有效果。

我垂直向上跳，躲开了夹击。

但火幼龙也不是笨蛋，它早就看穿了我下一步的动作。

又一个火球向着跳到空中的我飞过来。

它已经习惯我的闪躲模式了吗？

虽然行动被看穿有些遗憾，但谁说在空中就不能移动的！

我射出冲击丝，让它在起火燃烧之前打在自己的身上。

冲击丝释放出来的冲击波贯穿我的身体。

借着那股力道，我在空中飞了出去。

哼，只要使用这招，我就能在空中滑翔了！

虽然HP也因此大幅减少了！

失去目标的火球寂寥地在空中一划而过。

我一边在空中翻滚着目送那个光景，一边将丝射到天花板上，然后成功攀在上面。

此时，鳗鱼成了“麻痹的邪眼”的牺牲者，身体动弹不得。

只剩下火幼龙一个敌人。

也许是为了赌最后一把，火幼龙让全身缠上猛烈燃烧的火焰，然后冲了过来。

我对着它发动了魔法——

也就是我刚取得的“毒魔法LV7”——“麻痹弹”。

是时候分出胜负了。

一旦“麻痹的邪眼”生效，只要我不移开视线，麻痹效果就不会消失。

虽然“麻痹弹”的效果会慢慢消退，但之后只要用“邪眼”加以控制就不会有问题了。

只要成功麻痹敌人，对方就会失去抵抗能力，任我宰割。

即使能力值再怎么高，也不是异常状态的对手。

毕竟好不容易才活捉这些家伙，要是就这样让它们沉入岩浆就太浪费了。

已经沉下去的海马和鳗鱼无法挽回，但我没有理由放过摆在眼前的贵重食材。

所以，哪怕千辛万苦，我也要用丝将它们拖到陆地上，回收食材。

因为丝一下子就会烧毁，所以我必须不断用新的丝将它们拖上岸，过程相当费力。

好，是时候送它们上路了。

先从鳗鱼开始。

趁着鳗鱼动弹不得，我毫不留情地将蜘蛛猛毒灌进它口中。

鳗鱼虽然因为中了麻痹状态动弹不得，但在气绝身亡之前，身体居然猛地抽搐了一下。

经验值达到一定程度。个体——死神之镰从LV10升级为LV11。

各项基础能力值上升。

取得技能熟练度等级提升加成。

熟练度达到一定程度。技能“立体机动LV8”升级为“立体机动LV9”。

取得技能点数。

看到这个画面，其他鳗鱼都因为恐惧而表情扭曲。

放心吧，我会尽量让你们毫无痛苦地死去的。

我把蜘蛛猛毒灌进第二条鳗鱼的嘴里。

经验值达到一定程度。个体——死神之镰从LV11升级为LV12。

各项基础能力值上升。

取得技能熟练度等级提升加成。

熟练度达到一定程度。技能“闪避LV8”升级为“闪避LV9”。

取得技能点数。

满足条件。取得称号“恐惧散布者”。

基于称号“恐惧散布者”的效果，取得技能“压迫LV1”“外道攻击LV1”。

我好像拿到新的称号了，又是这种可怕的称号。

我已经变成光看称号就让人感到害怕的人了吗？啊，我不是人，是蜘蛛。

算了，之后再去确认吧。

还有“幼龙杀手”这个称号，最后也一并确认就行了。

所以当务之急是解决掉这些家伙。

做出如此决定之后，我把剧毒大礼送给了第三条鳗鱼。

这可是我用心制作的礼物，请您务必收下。来，嘴巴张开。

好不好吃呀？这样啊……好吃到快要死掉啊……人家好高兴啊。

情报部长好可怕！

很好，再多给它来一点吧！

啊，你们两个回来了？

对啊，毕竟没必要继续维持最高等级的同步状态。

“平行意识最高等级同步化”——这是我自己命名的招式，而且这个招式一如其名，可以让所有的意识同步。

通过“同步”这一方式，我能让三个意识合而为一，同时运作。

简单来说，就是“让一个意识完成三倍的工作”。

唯一比较遗憾的地方，就是在同步期间无法和其他意识进行对话。

没想到能赢得这么彻底，真是太好了。

是啊，我也没想到事情会这么顺利。

说不定我变得比自己想的还要强。

因为有魔法这种全新的攻击手段，我能办到的事情又多了。

更重要的是，我重新体认识到了诸如毒、麻痹等异常状态有多可怕。

太可怕了。

一旦中了麻痹状态，即使实力再强也无力反抗。

就像现在的火幼龙一样。

幸好火幼龙是个笨蛋呢。

是啊，如果换作是我，肯定会马上选择撤退。

就是说啊，明明在战斗中途已经显露败象了，趁早撤退不是更好了吗？

原来火幼龙是像海马一样不知何谓撤退的笨蛋。

难道这家伙从来不曾陷入过这样的危机吗？

嗯，或许吧。

难道它觉得自己是不可战胜的吗？

是啊，那就由我来了结了这个的可悲家伙吧。

然后，我将最初也是最后的败北，送给了可能从未尝过败北滋味的火幼龙。

经验值达到一定程度。个体——死神之镰从LV12升级为LV13。

各项基础能力值上升。

取得技能熟练度等级提升加成。

熟练度达到一定程度。技能“破坏强化LV2”升级为“破坏强化LV3”。

熟练度达到一定程度。技能“破坏抗性LV2”升级为“破坏抗性LV3”。

取得技能点数。

经验值达到一定程度。个体——死神之镰从LV13升级为LV14。

各项基础能力值上升。

取得技能熟练度等级提升加成。

熟练度达到一定程度。技能“腐蚀抗性LV3”升级为“腐蚀抗性LV4”。

取得技能点数。

经验值达到一定程度。个体——死神之镰从LV14升级为LV15。

各项基础能力值上升。

取得技能熟练度等级提升加成。

熟练度达到一定程度。技能“打击抗性LV2”升级为“打击抗性LV3”。

取得技能点数。

熟练度达到一定程度。取得技能“魔王LV1”。

那就麻烦你了，身体部长！

唉……又要做无聊的工作了……

嗯，麻烦你剥鳞片了。

我把剥鳞片的工作全丢给了身体部长。

而我则趁这段时间去调查新取得的技能和称号。

先从“魔王”这个技能开始。

话说，“魔王”这名称是怎么回事？

魔王：让各种能力值提升，数值为技能等级乘以100。此外，各种抗性也会提升。

哦哦，好厉害的技能。真不愧是魔王。

然后就是称号。

幼龙杀手：取得技能“生命LV1”和“幼龙力LV1”。取得

条件：击败一定数量的幼龙种魔物。效果：稍微增加攻击对幼龙种与龙种造成的伤害。说明：赠与击败众多幼龙种之人的称号。

恐惧散布者：取得技能“压迫LV1”和“外道攻击LV1”。取得条件：让他人获得超过一定程度的恐惧抗性熟练度。效果：对看到自己的对象赋予外道属性“恐惧”的效果。说明：赠与体现恐惧之人的称号。

哇！“幼龙杀手”就算了，“恐惧散布者”的效果好像有点不妙吧！

也就是说，只要别人看到我，就会感到恐惧吗？

这样不行吧！

如果是对付敌人的话，那这个效果没问题。但如果会让敌人以外的人也害怕我，那它根本就是个负面效果吧！

另外，称号不是技能，连自由开关都做不到，不是吗？

唔哇……如果是鲇鱼那种胆小的魔物，会不会一看到我就逃跑？

很有可能。算了，这是既成现实的事。

重新振作，去看看新取得的技能是什么效果吧。

虽然我在技能列表上看过那个技能，但我已经忘记它有什么效果了。

唉……我的记忆力真差。

我是不是有必要取得“记忆”技能啊？想了想还是算了。

幼龙力：暂时取得幼龙之力。

嗯，嗯……不懂。

看来这是需要发动的技能，发动一次试试吧。

哦？我才刚发动技能，能力值就稍微地上升了。

代价则是MP和SP都减少了。

这似乎是消耗MP和SP以提升能力值的技能。

与“魔斗法”和“气斗法”不一样，魔法系的能力值好像也提升了。

因为技能等级是1，所以能力值的提升幅度并不高，但如果一直保持技能发动的状态来提升等级，说不定以后会变成很厉害的技能。

仅发动“魔斗法”和“气斗法”就已经有相当不错的效果了，如果再加上“幼龙力”……

不错。这招不错。

压迫：对周围施加外道属性“恐惧”的效果。

你怎么也是这种效果啊。

幸好技能和称号不一样，可以自由开关。说起来，要是它们的效果加在一起，普通的魔物会不会一看到我，就被吓得屁滚尿流啊？

啊……既然拿到称号无法退货，那这个技能干脆也一直开着吧。

反正也不需要消耗什么东西。

外道攻击：让攻击附加外道属性“破魂”的效果。

啊……这也个是危险的东西。

外道属性“破魂”：直接破坏灵魂的属性。

这已经比精神攻击还要过分了吧！

太残忍了！

下次有机会一定要试试看。嗯。

“幼龙杀手”的效果是提升能力值。

“恐惧散布者”这个称号则很难评价好坏。

既有好处也有缺点，是把双刃剑。

算了，称号的部分大概就是这样。

随着人物等级提升，我终于得到期盼已久的技能点数了。

因为连升了几级，所以取得的点数也相当多。

这些点数刚好能让我取得一直想要的技能。

嘿嘿嘿，没想到这么快就能取得心仪的技能。

空间魔法（500）:操纵空间的魔法。

就是这个。说到空间魔法，那可是必不可少的强大技能。

因为技能是刚取得的，所以等级只有1。虽然我应该没办法立刻学会想要的魔法，但我拥有“睿智的支配者”，它可以加快魔法系技能的等级提升速度。

只要我足够努力,“空间魔法”的等级应该很快就会升上去。

呵呵呵……你问我为什么这么想要“空间魔法”？那当然是为了学会“传送魔法”啊！

这个世界里肯定会有这种魔法吧。

说到空间魔法，人们自然就会想到传送、道具箱和异次元别墅之类的东西。

能把东西存放在异次元的“道具箱魔法”很方便，但现在的我没有随身携带物品的习惯，所以并不需要。

我想要的是一间异次元别墅，但那应该是个相当高级的魔法，所以对我来说还相当遥远。

传送——那是能让人物或者物品瞬间移动到遥远地方的神奇魔法。

只要学会了这种魔法，我就不必费尽千辛万苦在这个辽阔的中层慢慢前进了！

而且在“睿智大人”的帮助下，我还获得了上层的地图！

只要将两者结合，肯定能直接将我传送到上层！

就是这样，天之声（暂定）！

给我空间魔法吧！

目前拥有的技能点数是500。可以使用技能点数500取得技能“空间魔法LV1”。要取得吗？

来吧！

成功取得“空间魔法LV1”。剩余技能点数是0。

好，赶快来试一下等级1能使用的魔法吧。

魔法部长！

遵命。

等级1的魔法名叫“指定坐标”。

眼前出现了由绿色线条组成的立方体。

魔法部长时不时地让那东西变换大小和形状，又或者是左右移动。

那东西似乎不是物质，它不仅能沉入岩浆之中，还能沉进地面以下。

这让我想起了计算机的范围指定功能，我估计这个魔法就是那种东西。

这只是用来指定空间的魔法吧。

这魔法有什么用？

我猜……它应该是为等级2或者更高级的魔法指引目标的前置魔法吧？

我想也是。

也就是说，这个种类的魔法和影魔法一样，需要足够高的等级才能派上用场。

应该是这样吧。

嗯嗯……

算了，反正我也不认为能够马上将它运用在实战上，只要知道自己已经成功取得了“空间魔法”，就已经足够了。

今后就努力提升技能等级吧。

知道该怎么做了吧，魔法部长？

优先练习这种魔法，对吧？

嗯。顺便问一下，你现在能平行发动几种魔法？

视魔法而定。不过，指定坐标并不算困难，如果是简单的魔法，我应该还能同时发动两种。

了解。麻烦你在能力所及的范围内，在移动时也尽量赚取熟练度。

遵命。

身体部长还在跟鳞片苦战。

毕竟有三条鳗鱼和身体比鳗鱼大上一倍的火幼龙。

距离实际试吃火幼龙似乎还有一段时间。

可是，我居然真的战胜了由这么强大的火幼龙所率领的魔物军团。

光就能力值来看，火幼龙远远胜于我。

我看似毫无胜算。

然而，我不过是让它陷入麻痹状态，再把毒灌进它体内而已，居然就这么赢了。

可见实力这种东西不是只凭能力值的高低来决定的。

专攻各种异常状态能力的蜘蛛……连我都觉得是难缠至极的魔物。

如果像这样继续提升实力，我会不会变成既擅长让人陷入异常状态，又能使用魔法的超强魔物？

呵呵呵……

毕竟我还拥有“魔王”技能，搞不好将来真的有机会自称魔王。

而且我还有“恐惧散布者”称号，感觉会颇有架势呢。

本小姐正是蜘蛛魔王！

开玩笑啦。

此时的我还不知道——

这随口说说的“成为魔王”是怎么回事……

以及其中的意义……

魔物图鉴

file.10 艾尔罗爆炎幼龙

LV.01

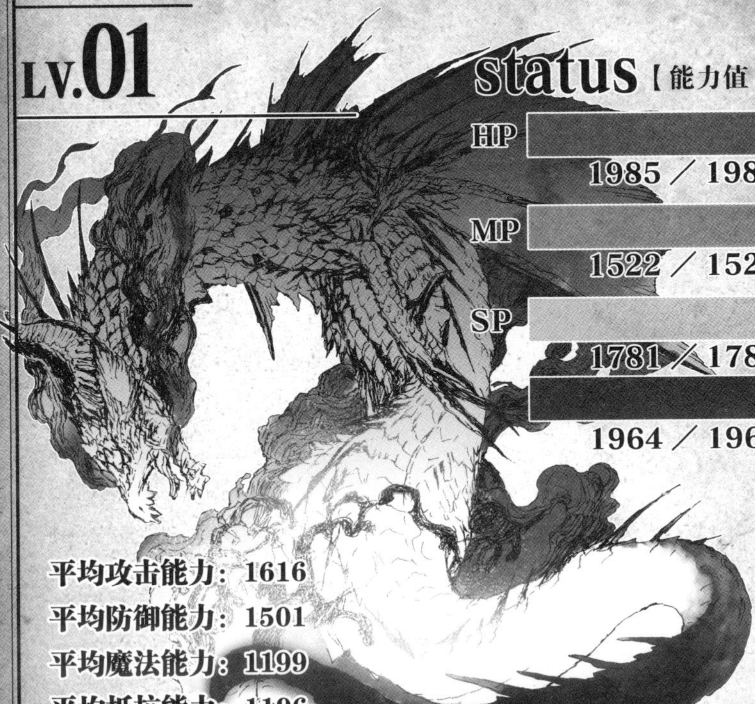

status【能力值】

HP 1985／1985

MP 1522／1522

SP 1781／1781

1964／1964

平均攻击能力：1616

平均防御能力：1501

平均魔法能力：1199

平均抵抗能力：1196

平均速度能力：1310

skill【技能】

“火幼龙LV8”“逆鳞LV1”“SP恢复速度LV1”“SP消耗减缓LV1”“火焰攻击LV2”“火焰强化LV1”“联手合作LV1”“统率LV3”“命中LV10”“闪避LV10”“概率补正LV 4”“气息感知LV1”“危险感知LV3”“快速游泳LV 4”“打击抗性LV2”“炎热无效”“生命LV8”“爆发LV4”“持久LV5”“强力LV8”“坚固LV8”“术师LV1”“护法LV1”“疾走LV2”“过食LV5”

俗称火幼龙。外表有如东方传说中的龙的上位幼龙种。鳗鱼的进化版。它不仅拥有更加优秀的能力值，还拥有能提升魔法和物理防御力的“逆鳞”技能，还被岩浆保护着。除此之外，它还能召唤部下，靠团体战歼灭敌人。这是一种极为难缠的魔物。考虑到它所率领的魔物集团，其危险度被认定为A。

幕间　魔王的心腹在会议上叹气

我们在漫长的走廊上走着。在我的斜前方，有一个娇小的身影，大概比我矮两个头吧。

因为这样，她走路的速度要比我慢不少。

虽然感到不自在，但我也不能走到她前面。

因为在我面前的这位少女，正是当代魔王。

我们在走廊里走了很久，最后来到一扇门前。

这时，魔王大人停下脚步。

老实说，我不想打开这扇门。虽然不想打开，却又不得不这么做。

我吞下差点忍不住的叹气，一口气把门推开。

之后，我将路让给魔王大人，恭敬地低下头。

魔王大人看都不看我一眼，理所当然地进入室内。

在魔王大人走进室内后，我也跟着进去了。

我用不会发出声音的动作轻轻把门关上，然后回头向会议室看去。

会议室里有一张圆桌，属于魔王大人的首席座位就位于房间的正中央。

在那张圆桌的旁边，已经有十名男女就座。

其中有一半的人在魔王大人入室的同时起立。

剩下的人依旧坐在椅子上。

而问题在于，在那些依旧坐着的家伙之中，也包括了我的弟弟。

我再次把快要吐出来的叹气咽了回去。

我拉出魔王大人的椅子，请她就座。

魔王大人还是看都不看我一眼，用丝毫算不上优雅的动作一屁股坐在椅子上。

不少人皱起眉头，而我全都看在眼里。

我想魔王大人多半也看到了，她就是故意要看那些人的反应寻开心，自然不会错过。

我是觉得这样的兴趣不怎么好，但如果连我都把心里想的事情写在脸上，之后可不知道会被她说些什么。

始终保持一张扑克脸，就是对付这位魔王大人最好的方法。

“可以开始了，巴鲁多。”

“遵命。”

对于魔王大人的命令，我以简短的语句回答。

可实际上，在魔王大人发出开会的号令后，她的工作就结束了。

毕竟主持会议和实务工作都是我负责的。

准确来说，这些工作都是被她硬推给我的，但是……

“那我们就先从各军的报告开始吧。从第一军开始，按照顺序报告。”

我根据会议的惯例流程，听取各地驻军的活动报告。

这时，在前前代魔王还在任时就担任将军的亚格纳第一军团长起身了。

在人类眼中，亚格纳殿下看起来可能还很年轻，但在普遍长寿的魔族之中，他也算是活了很久的老将了。

他还拥有可以成为魔王的实力与器量，简直令人好奇他为何没有取而代之。

“第一军已经完成向连克山杜帝国正面的库索利昂要塞进军的准备，兵站也已经设置完毕，只要一声令下，随时都能进军。报告完毕。”

亚格纳殿下的报告没有半句废话，内容简单明了。

从中仿佛能让人窥见他务实刚健的性格。

“第二军也一样。不过，要是能多给我一些时间，我方的地下工作或许能收获不错的成果。”

紧随亚格纳殿下之后起身的，是一位妖艳的美女。

第二军团长沙娜多莉——在魔族之中，她属于以自身魅力为武器的梦魔一族。

她所谓的地下工作，多半是那一类的计策。

“还要花多少时间？”

“快的话，两三天就够了。”

“如果不影响进军日程的话，就去做吧。”

“谢谢。”

露出让人不禁心神荡漾的妖艳微笑后，沙娜多莉重新坐下。

然而，在沙娜多莉就座后，第三军团长迟迟没有起身。

“古豪第三军团长。”

“呜……真的要打仗了吗？”

听到我的呼唤，身材魁梧的古豪缩着身体问道：

“战争……无论如何都没办法避免了吗？”

“没办法。有办法避免的话，早就那么做了。”

“呜……无论如何都不行吗？”

古豪还不死心，正当我打算加以呵斥时，另一道声音打断了我的话，响彻整间会议室。

“也并非无论如何都不行。古豪第三军团长，如果你无论如何都想避免战争，我倒不是没有办法。”

是魔王大人。她像是想到了什么残酷的恶作剧一样，脸上挂着不怀好意的微笑。

“什……什么办法？”

“很简单，让第三军全军成为世界的基础石就可以了。”

魔王大人的话让古豪整个人僵住。

“怎么啦？这样就可以避免战争了哟。”

“对……对不起，我不会再说了，请放过我吧。”

“古豪，希望你吸取教训，别再说那些多余的话了。有需要报告的事情吗？”在魔王大人对古豪穷追猛打之前，我如此插话道。

“一切都很顺利。”

“很好。下一个。”

魔王大人露出不满的表情，但我不以为意。

第四军、第五军、第六军也顺利地完成了报告。

接下来该轮到第七军团长了。

可是这位第七军团长，也就是我的弟弟——布罗，居然迟迟没有要起身的意思。

“布罗。”

“大哥，我还是不能接受。”

布罗交抱双臂，将上半身用力靠在椅背上，不悦地说道：

“为什么当上魔王的人不是一直统率着魔族的大哥，而是那个半路跑出来的女人？这样很奇怪不是吗？”

“布罗！”

“大哥也是！为什么要侍奉那种女人？我看不出那家伙有值得大哥效忠的器量！”

“混账东西！对魔王大人无礼也该有个限度吧！”

布罗毫不掩饰地吐露内心积累的不满，结果却惹火了第五军团长达拉德。

布罗和达拉德个性不合，像这样发生冲突并不少见。

虽然每次都有其他人出面制止，但这次大家都沉默了。

除了赞同布罗，或者赞同达拉德之外，有些人选择了旁观。

军团长们的反应只有这三种。

而不论这些人到底怎么想，众人这次都似乎打算作壁上观。

“布罗，不管谁是魔王，我们魔族都得追随魔王大人，这就是这个世界的道理！难道你忘了这个规矩吗？”

“我才不知道那种规矩！那女人够资格吗？我从未见过那家伙做过什么事！”

“你为什么会觉得像我们这样的人有资格去怀疑魔王大人的想法？魔王大人的想法深谋远虑，岂是我等众人所能揣测！”

“你那是放弃思考吧！我怎么可能只因为她是魔王，就对她唯命是从！连自主思考都不会的笨蛋，哪来的面子对我指指点点？”

“你这混账是故意要羞辱我吗！”

第六军团长修维被夹在激烈对骂的两人之间，那张娃娃脸也因为困扰而皱成一团。

其他军团长则默默地等待着事态继续发展。

在那么多人里面，只有第四军团长的想法我看不透。

第四军团长梅拉佐菲的苍白脸孔毫无表情，对发生在面前的闹剧也毫无反应。

即使在全是怪人的军团长之中，这个男人也是特别让人搞不懂的家伙。

虽然我一直在注意着他的举动，但到目前为止，还没有发现任何异常状况。

“你这家伙！”

布罗终于忍不住拿起了武器。

虽然达拉德也将手伸向武器，最终却没能将武器拿起来。

“身……身体……”

“动不了！”

他们两人的身体好像不受控制一般，静止不动。

“抱歉，可以请你们不要因为这些无聊的事情吵架吗？”

这辛辣的话语，正是出自引发这场纠纷的魔王大人之口。

惊愕支配了整间会议室，感到惊讶的人并非只有行动被控制住的两人。

因为所有人都不晓得魔王大人是如何控制住那两人的。

这也是没办法的事，毕竟魔王大人一直极力避免展现自己的实力。

让那两人变得无法行动的东西，其实是肉眼几乎看不见的细丝。

那种丝正连接着两人脖子的后方。

操偶丝——被那种丝抓到的东西，都会变成受魔王大人操纵的人偶。

连没有生命的东西也可以被魔王操纵。

据我所知，魔王能用这种丝同时操纵十具特制的战斗专用人偶歼灭敌人。

但我也仅仅知道这点情报。

魔王大人并没有在我面前亮出底牌。

魔王大人并非如布罗所说的那么无能。

魔王大人并非因为是魔王才成为魔王。

魔王大人是因为有实力成为魔王才成了魔王。

“要是你们继续做这种无聊的事，我就要使出深渊魔法喽。”

让人惊心动魄的笑容。看到那个笑容之后，在场没有一个人敢反抗魔王大人。

操偶丝轻轻地扯了一下，他们两人就这样坐下了来。

与此同时，操偶丝也离开了两人，让他们各自取回了身体的操控权。

“真是非常抱歉……”

“……”

与达拉德脸色苍白地谢罪不同，布罗一句话都说不出来。

“那就换第八军报告吧。”

或许以哥哥的立场来说有些无情，但我只能放着没出息的弟弟在一边。

“没有任何问题。”

第八军团长拉斯只简短地抛下这句话。

这男人似乎对魔王人选的问题不太感兴趣。

他感兴趣的东西在其他方面，但那些东西在这个场合并不重要，所以应该没有影响。

问题在于剩下的两人。

“第九军没有问题，随时都能进军。”

如果要用一个词来形容那名男子，那就是“一片漆黑”——他身上的黑色盔甲仿佛与身体合而为一。

唯一露出的脸部肌肤也和头发一样，是黑色的。

但他的双眼红得不正常。

我不知道那名男子的名字，只知道他被叫作“黑”。

“第十军，没有问题。”

然后，坐在那名男子身旁的少女则是完全相反的白色。

她身上穿着纯白长袍，露出在外的肌肤也异常白皙。

绑成麻花辫的长发也是白色的。因为她闭着眼睛，所以全身上下一片雪白。

我同样不知道这名少女的名字，只知道她被叫作“白”。

这两人是魔王大人带过来的魔族军干部。

我不清楚他们的底细。

虽然不清楚，但是也很好猜测。

这两人多半是支配者。

就是据说在背地里操控着这个世界的支配者。

他们是其中的两人。

我不晓得魔王大人是如何把那两人收为部下的。

只不过，他们身上散发出一种强烈的诡异感，让我不自觉地提高警惕。

“嗯，嗯。看来一切都很顺利。”

魔王大人心情不错地点了点头：

“那就开战吧。”

然后，这句话就让魔与人之间最惨烈的大战静静开幕了。

对于这个事实，我悄悄地叹了口气。

Y3　于是战争开始了

魔族军开始行动了。

我是在今天早上才听到这个报告的。

那是潜入魔族领地的密探带回来的报告。

“终于来了啊……”

“是啊，但我更希望他们别来。”

“尤利乌斯，话不能这样说。我很清楚你不喜欢战争，但人族和魔族是宿敌，你也应该明白这种事迟早会发生吧？”

“就是说啊。自从前任勇者大人死去之后，魔族就变得活跃起来了，我反倒觉得能撑到现在才开战，已经算是不错了。”

正如他们所说，在前任勇者大人死去之后，魔族便开始积极展开活动。

在这种情况下一直没有发展成大规模战争，只引发了一些小冲突，或许已经算是不错的结果了。

“然后呢？魔族军大概什么时候会抵达这里？”

“哈林斯正在确认，差不多也该……啊，他回来了。”

听到亚娜这么说，我回头一看，和我一起长大的玩伴——克沃德公爵家的次子哈林斯正向我们这边走过来。

“哈林斯，情况如何？”

“从进军速度来看，明天应该就会抵达这座要塞了。”

“这样啊……终于要开始了。”

战争。

自从成为勇者之后，我的人生每天都在战斗。

不过，我还是第一次亲身经历规模这么大的战斗。

不光是我。

在前任勇者的时代，也不曾发生过大规模的战事。

因此，经历过这种大规模战争的人，现在只剩下屈指可数的前前任勇者时代的人。

如果不是长寿的种族，他们现在应该都已经变成没办法战斗的老人了。

换句话说，即将参加这场战争的人，全都没有经历过这种大规模的战争。

而与人族不同的是，魔族的寿命比人类的要长。

即使他们之中有和前前任勇者一个时代，甚至是更老的魔族也不奇怪。

我不知道这样的经验差距会造成什么样的影响。

再说，单单就战斗能力而言，也是魔族更强。

他们不仅拥有比人族更出色的体能，还拥有比人族更深厚的魔力。

而且他们的智慧与人族的智慧也不相上下。

能力值较低的人族之所以能够与能力值较强的魔物战斗，是多亏了有技能和智慧的力量。

不过，这项优势在魔族面前并不存在。

因为魔族和人族一样，擅长运用技能与智慧。

老实说，我很害怕。

不过，身为勇者的我不被允许表现出内心的不安。

要是连身为人族希望的我都是这个样子，大家就会更加感到不安。

为了隐藏自己的不安情绪，我轻轻握住母亲留下来的围巾。

魔族活动开始变得活跃的时候，也是我成为勇者的时候。而这时，我的母亲去世了。

父亲强忍着失去妻子的悲痛，依然以国王的身份努力工作。

因为这样，他与修和苏之间的关系变得疏远。

虽然我相信只要给他们一点时间，他们一定能恢复正常的亲子关系，但修和苏现在都已经住进了学校。

在他们毕业之前，只能请父亲继续忍耐了。

要是那两人顺利地从学校毕业，家里的氛围一定会变得很开心。

我能够在这场战争中活下来，再次见到他们吗？

不，我一定要回去见他们。

我不能在这种地方死去。

“只要能在这场战争中存活下来，就能赚到一大笔奖金啦。”

霍金像是要扫除逐渐沉重的气氛一样，努力用乐观的声音如此说道。

“是啊，毕竟上次和噩梦残渣战斗的报酬根本划不来。”

吉斯康也像在配合霍金一样，表示赞同。

“都怪尤利乌斯把那家伙的尸体打成了灰烬。如果能保留一小部分的尸体，说不定能拿去当素材卖钱。”

哈林斯瞥了我一眼。

这么说不厚道吧，当时我只能那么做，不是吗？

“真是的，尤利乌斯明明做出了最正确的选择。再说，我可不想带着蜘蛛的尸体回家。”

亚娜说出来的感想有些偏离主题，这让我忍不住露出微笑。

“不过，如果从那样的魔物身上取得的素材，或许真的能卖个好价钱。像是用它的丝做成的衣服，应该会有相当不错的防御力。”

对于我不经意的话，吉斯康摇了摇头：

“不，蜘蛛怪的丝是利用技能产生的，即使剖开它们的身体也得不到。”

“咦，原来是这样吗？”

我并不知道这样的事。说起蜘蛛丝，我将手伸向总是戴在自己脖子上的围巾。

“对了，说到蜘蛛怪的丝，我记得十多年前曾经有过这样的事情，据说有一位冒险者成功带着不具黏性的丝回来了。”

“那件事我也知道。当时我还只是个初出茅庐的年轻冒险者，据说那些人在烧掉蜘蛛怪的巢后，在里面发现了几颗用蜘蛛丝做成的毛球。因为那些丝兼具惊人的魔力传导性与韧性，所以被卖到相当高的价钱。此外，虽然这只是传闻，但那些人当时好像还拿到了一颗幼龙蛋。说到幼龙蛋，那可是只要卖掉一颗就足以让人一辈子吃喝不愁的贵重物品。同样身为冒险者，我实在很嫉妒那些被幸运女神眷顾的家伙。”

“在那之后，很多人都想得到同样的蜘蛛丝，这让捕捉蜘蛛怪在一段时间内成了热潮。不过，到最后好像也没人能抓住会产出那种丝的个体。”

我握着围巾，僵住不动。

看到我的反应，哈林斯一脸受不了地说道：

“尤利乌斯，难道你不知道自己一直戴在身上的东西有多贵重吗？”

“我不知道……”

我吞吞吐吐地回答。

“咦，什么意思？”

听到我们的对话，亚娜满脸疑惑。

“这家伙一直戴着的这条围巾，就是用传说中的蜘蛛丝做出来的。”

哈林斯此话一出，众人的视线立刻集中到我的围巾上。

而且，吉斯康口中的幼龙蛋已经被修拿去孵化，孵出来的地幼龙也变成了他的宠物，但这事我还是别说了吧。

“哦哦，就是这种丝吗？”

“我也是头一次见到实物。我只听说是被卖给了某国王族，没想到是卖到了尤利乌斯那里。”

“因为你一直戴在身上，我还在想那条围巾到底是什么，没想到是那么贵重的东西。”

“啊……不是的，因为这是母亲的遗物，我才会一直戴在身上的……”

“咦，啊……对不起……”

“没关系。我已经不介意了。”

在生下修之后没多久，母亲的身体状况就突然变差，最后离我们而去。

这条围巾……是母亲在修快要出生之前亲手织给我的。

虽然我知道围巾的材料是蜘蛛怪的丝，但我确实没想到那居然是如此稀有的素材。

“亚娜，别在意。尤利乌斯只是个普通的妈宝。”

“哈林斯，你这样说太过分了吧？”

哈林斯故意开我玩笑，我笑着抗议道。

看到我们的互动，因为失言而垂头丧气的亚娜也轻笑两声。

这样就好，阴沉的气氛不适合勇者。

我很感谢帮忙解围的哈林斯。

知己好友果然是人生中最珍贵的宝物。

只不过，我希望他别再说我是妈宝了。

的确，因为自幼丧母，我对母亲的思念或许真的比别人还要强烈。

每次见到不曾接触过母亲的修时，我都能从他身上看到母亲的影子，就这点来看，事实是显而易见的。

我想起初次与修见面时的事情。

那是在母亲过世的第二天发生的事。

我被修那双笔直地注视着我、蕴含着强大意志力的眼睛吓到了。

那是与婴儿不相符，与母亲一模一样的眼神。

母亲是个意志坚强的人。

尽管知道自己身体不好，生育的风险很大，但她依然产下了修。

“要是我有什么意外，你这个哥哥要好好照顾这孩子。”

母亲曾经说过这句话，修的眼神和那时候母亲的眼神别无二致。

既理智又温柔，却不免有些让人担心。

就是那种眼神。

仔细想想，就是那一瞬间让我强烈意识到自己成了哥哥的事实，同时也接受了自己身为勇者的事实。

我对自己成了勇者这件事感到畏惧。

不得不挺身而战，这让我感到相当害怕。

但在失去母亲后看到修的那一瞬间，我心中便涌起了一定要保护他的决心。

因为我是这孩子的哥哥。

即使不能代替母亲，我也要以哥哥的身份保护他。

那就是我的初衷。

勇者尤利乌斯的原点。

可哈林斯传来的念话打断了我的思路。

“尤利乌斯，这次魔族的动向好像有些奇怪。”

“是哪里奇怪？”

“敌人似乎故意分散兵力来进攻人族的领域，但我看不出他们这么做的用意。”

“你觉得有阴谋？”

“嗯。明明集中兵力会更好，他们却故意分散。我觉得提防一下会比较好。”

“你能看出他们的阴谋吗？”

“不行，我看不出来。总而言之，小心提防吧。”

“我知道了，谢谢你的提醒。”

我有种不好的预感。

仿佛自己早在不知不觉间掉进了巨大的陷阱之中。

没错，我现在就像是被蜘蛛网缠住一样。

这让我想起了与噩梦残渣之间的战斗，和那时候同样的不安开始浮现心头。

然而我身为勇者，不允许自己在这种情况下逃跑。

我再次紧握住用蜘蛛丝织成的围巾。

S7　宣告崩坏的声音

“那么，我们今天来学习一下有关幼龙与龙的知识吧。”

欧利萨老师像往常一样有气无力地开始上课。

幼龙……

说到幼龙，那个事件自然而然就会在脑中浮现。

距离那次事件已经过了几年。

由古的暗杀未遂，以及地幼龙袭击事件。

虽说这两个事件都没有造成人员伤亡，但对学校来说还是带来不小的冲击。

尽管如此，由古也并没有受到具体的惩罚。

因为在那之前，他突然就从学校里消失了。

大家猜测他多半是利用空间魔法逃走了，但没有人知道真相如何。

与此同时，冈老师的身影也从学校里消失不见。

仔细想想，斩杀地幼龙的那一场战斗，冈老师并没有参加。

她明明拥有可以轻易制服由古的实力。

如果冈老师也加入对抗地幼龙的战斗中，那我们应该可以更轻松地赢下战斗。

然而，她为什么不那么做？

在她下落不明的现在，我也无从得知答案。

那个事件所造成的影响还并不只有这些。

菲不知道在想什么，一反之前的常态，对提升等级这种事变得相当积极。

她还毫不犹豫地完成了一开始相当排斥的进化，现在只能在室外生活。

或许亲眼看见了自己的父母死去改变了她的想法吧。

以那个事件为契机，我也稍微改变了想法。

在那个事件之前，我对尤利乌斯大哥只怀有憧憬之情。

但因为那个事件，我总算能窥见大哥的道路有多么艰难。

即使是现在，那次战斗带给我的恐惧也依旧在脑海中根深蒂固。

也许正因为我是转生者，这样的感觉才更加深刻，不管是“取人性命”还是“被人取走性命”，都让我心生畏惧。

但是，为了能在这个世界生存下去，为了能与大哥并肩前进，我一定得克服这样的恐惧。

是克服恐惧，而不是遗忘。

在那之后，我曾经参加过演习，得到了与魔物战斗的机会。

和地幼龙相比的话，那是根本不算什么的弱小魔物，还被我一剑就轻易地击败了。

然而，它的生命和地幼龙的一样沉重。

不能忘记生命的重量，不能把这种事情当成理所当然。

我必须做好夺走他人生命的觉悟，然后克服恐惧，全身心投入到战斗中。

不然，如果将夺走他人生命当成是一种常态的话，那我将不再是我。

那只是和我同名同姓的怪物而已。

这样一想，说不定我还只是个天真到无可救药的人。

即使批判我缺乏危机意识也没关系，因为我就是觉得自己得坚守这个原则。

我必须承受起生命的重量。

在这个前提之下，我要衡量自己要守护的东西与敌人生命的重量，然后决定是否应该战斗。

虽然说得很容易，但如果要执行的话，应该会无比困难吧。

大哥应该也是怀着这样的信念战斗至今的。

那位温柔的大哥，不可能不知道生命的重量。

希望我总有一天能将自己提升到和大哥一样的高度。

但我还没做好要达成这个目标的觉悟。

那不是一朝一夕能培养出来的东西，只能一点一滴地积累。

在做好那样的觉悟之前，我至少得先把身体练得更加强壮。

在此期间，我不断提升等级，现在的我已经比以前要强大了不少。

随着身体的成长，我的物理系能力值也得到了强化。

我现在的能力值可以算是几乎没有弱点的万能类型。

这是身体成长导致物理系能力值提升，让原本偏重魔法系的能力值取得平衡的结果。

实力提升真是件令人开心的事。

只不过，我已经感受不到以前那种像是在玩游戏的乐趣了。

实力越是变得强大，我就越害怕施展那股力量。

尽管如此，我还是要变得强大起来。

因为魔族的行动渐趋活跃，什么时候爆发战争都不奇怪。

要是到时候我因为没有实力而只能袖手旁观，我绝对会受不了。

或许还没办法与大哥并肩作战，但至少不能成为他的负担。

还可以的话，我希望自己拥有可以保护亲人和好友的实力。

说起苏，她最近好像对我有些冷淡。

以前明明满嘴都是“哥哥”，还整天跟着我，但最近好像不怎么这样做了。

说起来，她也已经进入青春期了，即使不再黏着哥哥也不奇怪，但这一天的到来还是让我有些寂寞。

但话又说来，她也并非完全独立了，我知道她依旧仰慕着我，所以现在感叹还太早了。

另外，我和卡迪雅之间的关系也逐渐变得微妙。

在那个事件之后，她开始慢慢地和我保持距离。

我曾经直接去问她本人，但她只用“才没有那种事呢”就否认了。

可她一边这么说，一边别过头去，这分明就是想和我保持距离，所以她的话根本没有说服力。

我想继续追问，不自觉地抓住了她意外纤细的手，结果连我自己都吓了一跳。

她的手实在太细，仿佛一不小心就会折断。

她还发出了可爱的惊呼声，让我不由得放开了自己抓住的手。

不仅如此，卡迪雅红着脸轻抚被我抓住的手的模样，也让我无法隐藏心中的动摇。

“抱……抱歉……”

我不知道自己为何如此慌张，但先道歉了再说。

明明是我最亲近的好友，但卡迪雅当时的模样，却像是个完全不认识的陌生人一样。

自从那件事之后，我和卡迪雅之间就一直有种形容不了的尴尬。

唯一不变的人只有悠莉，她依旧热衷于神言教的传教活动。

不，应该说是情况一年比一年要严重。

每次看到因为被悠莉纠缠而感到困扰的学生时，我就会拉开悠莉让学生逃走，但这么做了之后，我就会成为遭殃的人。

这样的光景已经逐渐变成我和悠莉之间的日常画面了。

每当发生这样的事情时，苏和卡迪雅就会当和事佬，然后在双方都各退一步的情况下和平收场。

总而言之，虽然我身边有了一些细微的变化，但总的来说并没有发生重大的事件，日子过得很平凡——

满足条件。取得称号“勇者”。

基于称号“勇者”的效果，取得技能“勇者LV1”“圣光魔法LV1”。

直到我听见了那道打破日常生活的声音。

“咦咦？”

因为还在上课，我困惑的声音在教室里听起来格外地响亮。

“修雷因同学，怎么了？有不明白的地方吗？”

欧利萨老师问道。

但对于陷入混乱的我来说，老师的声音我根本没听进去。

“修雷因同学？修雷因同学！你怎么了？”

我的脸色大概很糟糕吧。

因为，这不是很奇怪吗？

在这个世界上，拥有“勇者”称号的有且只有一人。

我认识那位勇者。

而称号这种东西，一旦获得就无法舍弃。

换句话说，“勇者”称号并非可以舍弃或转让的东西——

前提是勇者还活着。

也就是说，那件事发生了。

我虽然明白这道声音的含义……

但我不敢相信，也不想相信。

不过，那个称号确实已经出现在我的能力值之中了。

骗人……

这是骗人的吧？

骗人，骗人，骗人骗人骗人骗人骗人骗人骗人骗人骗人骗人骗人骗人骗人骗人骗人骗人！

那位大哥不可能遇到那种事！

虽然我如此断定，但那个称号却将无情的事实摆在我眼前。

这一天，一位勇者死去了。

然而，另一位勇者诞生了。

幕间　蜘蛛魔王

魔王拿着那条白布，兴致勃勃地观察了起来。

在她手中的东西，是直到刚才都还戴在勇者脖子上的白色围巾。

“小白，你看看这个。这是用蜘蛛丝织成的围巾。”

被叫作白的魔族军第十军团长将脸转向魔王手中的围巾。

虽然魔王让她看，但她依旧闭着眼睛。

“虽然我知道蜘蛛丝在人族里有着很高的价格，但没想到勇者居然会穿在身上。”

“太搞笑了吧——”魔王小声地吐槽道。

突然，一直在把玩围巾的魔王停下了手。

仿佛是想到了什么鬼点子一般，她露出了“天真”的表情——在她本人看来。

而在旁人眼中，那无疑是邪恶的笑容。

“我记得勇者的弟弟是转生者，对吧？那就把这条围巾还给他吧。”

说完，她将魔力灌注进手中的围巾里。

“嗯嗯，把带有魔王加持的礼物送给勇者的弟弟。你不觉得这样很有趣吗？”

魔王似乎在寻求认同，但白无动于衷。

“不知道山田收到这份礼物时，会露出什么样的表情呢？”

想象着那时候的画面，蜘蛛魔王露出了不怀好意的笑容。

终幕　神明大人喜欢蜘蛛

看来她很喜欢“睿智”。

对于我这个送礼物的人来说，这么做也算是值得了。

能让她吓成那样，真是开心。

我要把她火烧屁股时那惊慌失措的模样永远保存起来。

如果是那只蜘蛛，一定能好好利用“睿智”吧。

毕竟即使人格分裂，她也是毫不在意的样子。

“傲慢”与“忍耐”……都已经拥有两个支配者技能了，即使再多一个，应该也无所谓吧。

然后，请你以后务必来到我的面前。

我很期待这一天的到来。

你一定有办法取悦我的。

毕竟我身为这个世界的管理者，同时也身为邪神。

好，那你接下来会让我看到什么呢?

你会如何与这个世界扯上关系呢?

又将如何改变这个世界呢?

我拭目以待。

后记

大家好，我是自以为深受众人喜爱的马场翁。

这怎么可能！既然有第二集，不就表示有强者在看过第一集后还拿起了这本书吗？

喜欢蜘蛛的小众读者居然有这么多，真是吓到我了。这个世界还真是无奇不有。

对了，在第一集上市之后，又发生了许多事情。

先是改编成漫画，又是制作广告，又是得到推荐文，又是在KakuYomu（**注：日本的小说投稿网站**）上开始连载。

没错，我说的就是成田良悟老师和长谷敏司老师所写的推荐文。

没想到自己居然有幸让名人来写推荐文，我整个人都惊讶得快石化了。

可是，不可思议的是，一旦人类的感情起伏超过某个限度之后，就反而会冷静下来，只把一切当成是一场梦，然后钻进被窝里，怀着明天也要继续做梦的愿望沉沉睡去，随即开始无限循环。

白痴要够了，接下来是认真的谢辞。

成田良悟老师和长谷敏司老师光是给我一句“有趣”的感想，就让我得到了继续努力的动力。

真的很感谢你们。

感谢负责插画的辉龙司大人每次都画出美丽的图画。

我还要感谢负责漫画版的案山子朝浩大人，只有老师才能画出让人觉得“这就是蜘蛛”的画面。

最后，我要感谢以责任编辑K为首，帮忙让这本书问世的所有人，以及拿起这本书的读者们。

图书在版编目（CIP）数据

我是蜘蛛又怎样？. 2 / (日) 马场翁著 ; (日) 辉龙司绘 ; 廖文斌译. -- 北京 : 中国电影出版社, 2017.10

ISBN 978-7-106-04804-4

Ⅰ.①我… Ⅱ.①马…②辉…③廖… Ⅲ.①长篇小说-日本-现代 Ⅳ.①I313.45

中国版本图书馆CIP数据核字(2017)第246559号

原著名:《蜘蛛ですが、なにか？ 2》，著者：馬場翁，绘者：輝竜司，设计：伸童舎

KUMO DESUGA, NANIKA? 2

本书为引进版图书，为最大限度保留原作特色、尊重原作者写作习惯，故本书酌情保留了部分外来词汇。特此说明。

我是蜘蛛又怎样？2

（日）马场翁 著　（日）辉龙司 绘　廖文斌 译

出版发行: 中国电影出版社（北京北三环东路22号）邮编100013

电话：64296664（总编室） 64216278（发行部）

64296742（读者服务部） Email:cfpygb@126.com

印　刷: 上海利丰雅高印刷有限公司

版　次: 2017年10月第1版 2017年10月第1次印刷

规　格: 开本/787 × 1092毫米 1/32

印张/9.875　字数/220千字

书　号: ISBN 978-7-106-04804-4/I · 1192

定　价: 38.00元

本书如有印装质量问题，请与广州天闻角川动漫有限公司联系调换。

联系地址：中国广州市黄埔大道中309号 羊城创意产业园3-07C

电话：（020）38031051 传真：（020）38057562

官方网址：http://www.gztwkadokawa.com/

广州天闻角川动漫有限公司常年法律顾问：北京市盈科（广州）律师事务所